大江戸かあるて　秋空に翔ぶ

杉山大二郎

集英社文庫

目次

大江戸かあるて
秋空に翔ぶ

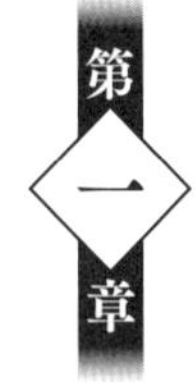

正しき道はひとつではない

一

「勃たないのでございます」

寛政五年（一七九三）弥生。年が明け、駿は二十歳になった。

江戸の名門の医学所である杉坂鍼治学問所で鍼灸を学びはじめて三年が経っていた。

「えっ、何がですか」

駿は目の前で姿勢を正して座っている患者が口にした言葉の意味がわからず、思わず訊き返してしまった。

声の大きい男だった。

烏のような漆黒に輝く絹の着物に、深紅の腹切帯を粋に締めている。

齢は四十を少し超えているであろうか。皺の多い角張った顔を、まるで年端もいかぬ

童子のように赤らめながら、

「まあ、なんと申しますか。アレでございますよ」

奥歯にものの挟まったような言い方をして、照れ笑いを浮かべた。

男はこの店の主人で、蔦屋重三郎といった。

滑稽に見えるが、悪い人相ではない。むしろ大きく見開かれた眼を無邪気に爛々と輝かせる表情は、初めて会ったばかりだというのに、どこか人懐かしい思いにさせられるほどだ。

小銀杏の鬢は黒々と豊かで、月代も若者のように青々としている。太り肉の躰からは、精気や活気が満ち溢れていた。

一代で大店を築きあげたと聞いていたが、然もありなんと思わせる。初めて会ったにもかかわらず、強く惹きつけられるものを感じた。

「アレとは、如何なるもののことでしょうか」

駿は問いかける。

重三郎は駿の言葉など聞こえなかったかのように、

「アレが勃たないとなりますと、もう何もかもがいけません。男としての値打ちがないと申しますか、何をしていても士気があがらないというか――」

己の都合で話しつづけた。そういう男なのであろう。己が語りはじめると、他人の言葉など耳に入らなくなるようだ。

「アレとは、如何なるもののことでしょうか。わたしたちは医者です。どこの具合が悪いのか、はっきり言ってもらわねば、治療のしようがありません」

駿は重三郎の言葉を遮るように口を尖らせた。が、駿の隣に座する西川間市は、

「まあ、たしかに働き盛りの男が勃たぬとあれば、体裁も悪かろう。口を濁したくもなるものだ」

万事を心得たとばかりに、訳知り顔で幾度も頷いた。

駿にとって、間市は鍼灸医の師匠になる。

間市は盲人としての高位職である検校を幕府より賜り、配下には数十人の門人を抱えている高名な医者だった。

参勤交代で江戸住みになった大名や幕府の旗本、由緒ある寺社の僧侶、大店の商家の主人たちなどから、高額な金を取って治療を行っていた。

金さえ払えば、大名だろうが貧しい農民だろうが分け隔てなく誰でも診るが、治療代が払えない者は患者ではないと公言してはばからない。

間市の患者への向き合い方に、駿としては納得のいかないところは多かったが、鍼灸医としての腕はたしかなだけに、事あるごとに意見がぶつかっても、その度に歯がゆい思いをしながら従ってきた。

間市は生まれついて目が不自由であり、目を凝らしても薄ぼんやりとしか見えない。人や物の色形くらいはわかるので、杖をつけば躓かずに歩くことはできたが、患者の往診には駿が道具箱を持って、弟子として供をしていた。

学問所で鍼灸の医学を学びながら、講義が終わった後は間市の往診の手伝いをすることが、駿の仕事なのだ。

間市が脱いで肩から滑らせた羽織を、駿は慣れた手つきで丁寧に畳む。

「なるほど、それで儂を頼られたか」

「西川先生ならば、如何なる病も立ち所に治してくださると伺いました」

「うむ。どこで儂の評判を聞きなされたのだ」

「郭沙汰になっております」

「なるほど吉原で噂になるほどならば、それはまことであるな」

間市が、したり顔で頷いた。

「西川先生にご足労いただけて、本当によかったです」

重三郎が頭をさげる。

「それにしても他の誰でもない、よりにもよって蔦屋さんが陽萎とはな」

間市が病名を口にしながら、ついには笑いを堪えきれなくなって、肩を大きく揺すりはじめた。

「西川先生。このことは、どうかご内密にお願いします」

蔦屋さんと屋号で呼ばれた重三郎は、恐縮するように背を丸める。

「それはどうしたものかのぉ。これは長年にわたり男女の色恋艶事(いろこいつやごと)で、莫大(ばくだい)な銭金を稼いできた因果応報というもの。むしろ読売(よみうり)（瓦版）にでも書いて、江戸中に触れまわりたいところだ。さぞや売れることだろう」

さもおかしそうに、間市が重三郎を冷やかした。

「そんな、お戯(たわむ)れを」

重三郎が懐から取り出した手拭いで、額に滲(にじ)んだ汗を拭う仕草を見せる。が、肝(きも)は据わっているようで、言うほど焦っている様子はなかった。

「先生。陽萎とは如何なる病でしょうか」

駿は間市に問いかける。

これは医者として御法度だ。本当ならば患者の前で病について尋ねることは、絶対にしてはならない。

それが重篤なものならば、患者を不安にさせ、事によっては治療への心持ちを砕いてしまうことにもなりかねない。が、間市と重三郎の軽妙なやり取りを見ていて、これならば訊いても差し支えないと思った。

「なんだ。おまえは陽萎を知らないのか」

「はい。申し訳ありません」

駿は、素直に詫びる。

「おまえはいくつになる」

「二十歳になりました」

「もう、いい大人だな。学問所に入門して、どのくらいになるのだ」

「月が明ければ、三年になります」

「三年も医学を学んで、陽萎を知らないのか」

学問所でも習ってはいないが、そもそも三年もの間、間市の弟子として往診を手伝ってきた。間市だって教えてくれなかったではないかと愚痴のひとつも言いたくなるが、ここはグッと堪える。

「面目ありません」

「いったい学問所で何を学んでおるのだ。部屋に籠もって医学書ばかりを読んでいるから、そんなこともわからぬのだ」

駿は寸暇を惜しんで万巻の医学書を読み漁り、古今の医術を学ぶのに余念がない。いくら高名な医者だからといって、吉原に足繁く通って酒色に溺れているような間市には言われたくなかった。

「医者を志して学問所で学ぶ者が、一生懸命に医学書を読んで何がいけないのでしょうか」

「相も変わらず唐変木よのう。少しは儂を見習って、色街で世の中を学んでみたらどうだ。医者の道を目指す上では大事なことだぞ」

「吉原で世の中を知ることができますか」

「当たり前だ。吉原こそ、人の世の三千世界だ。世の理のすべてがある。なあ、蔦屋さん」

間市に話を振られて、

「吉原は、人の世の極楽であり地獄でもありますから」

重三郎が言った。

若い駿には言い返せないが、それでも何か違うような気がする。

「それで先生は吉原に通っておられるのですね」

「うむ。人の営みを知ること、これまさしく医道に他ならぬ」

駿は皮肉を言ったつもりだったが、間市はそれをわかって敢えてなのか、それとも気づいていないのか、悪びれず幾度も首肯しながら口元を緩めた。

駿は両手を膝に置いて背筋を伸ばすと、

「医は以て人を活かす心なり。故に医は仁術という」

一語一句を嚙み締めるように言葉にした。明らかな当てつけだが、当の間市は馬の耳に念仏といったところだ。粋人を自負する間市からすれば、駿は頭の固い野暮天にしか思えないのだろう。

間市の医術が優れていることは疑いようがない。

それでも法外な治療代を取って患者を選ぶようなやり方は、どうしても認めることができなかった。まして、患者から受け取った治療代のほとんどが、吉原遊びに消えているとなればなおさらのことだ。

「ふん。また、その話か。聞き飽きて耳に胼胝ができたわ」

間市が苦虫を嚙み潰したような顔で吐き捨てる。

「幾度でも申しあげます。わたしは西川先生とは違う医者を目指します」

駿は、そう言って間市を睨みつけた。

二

「陽萎とは、陽物が役に立たなくなる病のことだ」

間市が口角をあげた。

「えっ、陽物……」

「わからぬか。陰茎だ。男根だ。摩羅だ」

そこまで言われなくても、駿だって陽物くらいはわかる。

「西川先生。その辺でお許しください」

重三郎が両手を拝むように合わせ、幾度も頭をさげた。

蔦屋の店への往診である。この奥まった主人の部屋には、今は男三人しかいない。しかも間市と駿は医者である。それでも、さすがに恥ずかしくなったのだろう。

――そりゃそうだ。

どうりで初めから重三郎の歯切れが悪い訳だ。

「先生。陽萎について教えてください」

駿は場の流れを変えるように、間市に問いかけた。

「よかろう」

間市が医者の顔を取り戻す。

「ありがとうございます」

「うむ。陽萎とは、陽物が勃たなくなる病のことだ。男の陽物は男女が情を交わすことはもとより、子を授かるためにも大事なものだ。おまえも新米とはいえ医者の端くれ。それくらいのことはわかるな」

「わかります」

新米は余計だが、学問所で鍼灸を学んでいる身分であることに間違いはない。駿は間市の言葉に素直に頷く。

「だが、陽萎の厄介なことは、それだけではないのだ」

間市が表情を引き締めた。

目が不自由なので、視線はあらぬ方に向いている。目の前に人がいることくらいは見えるらしいが、どのような表情をしているか、そもそも誰であるかは、ほとんどわからないはずだ。

それでも間市は、時折、駿がハッと息を呑むほどに、鋭い視線を投げかけてくることがあった。今がまさにそうだ。

「他にもあるんですか」

「儂は目が不自由だ。世の中には耳や手足などに難事を抱えている者はいくらでもいる。それでも暮らしに向き合い、日々を生きている。だが、陽萎は違う。むしろ何不自由なく暮らしているように見えて、胸の内に深い闇を抱えて生きることになるのだ。男が勃たないということは、生きる自信を失うということなのだ」

「生きる自信ですか」

間市の言葉を繰り返す。

「何故、男は毎朝目が覚めたとき、陽物が硬く勃ちあがっているのか。わかるか」

そのようなことは考えたこともなかった。

「わかりません」

「それは漲る血脈により、その日を強く生きることを己の心に言い聞かせるためだ。勃たぬということは、生きる糧を失うことになる。陽萎になったことで、仕事に張りを失ったり、夫婦の仲が壊れたり、人によって人生を見失って命を絶ってしまう者もいるくらいだ。勃つとは、人生そのものだ」

　間市が、さも恐ろしげに眉間の皺を深めた。

　陽物が勃つことが人生だとはとても思えなかったが、間市にとっては間違いなくそうであるのだろう。

「陽萎は何故に生じるのでしょうか」

「病根は四つほど考えられる。ひとつ目は、湿熱によるものだ。脂っこいものや甘いものを食べつづけたり、大酒を飲みつづけたりすることで、下腹に湿熱が溜まって陽萎を起こすのだ」

「酒の飲みすぎはよくないのですね」

　これは間市に向けて言ったのだが、眉をピクリと動かしただけで、聞こえぬふりをされてしまった。

「二つ目は、七情内傷によるものだ。喜・怒・哀・楽・愛・悪・欲が過ぎれば気血が失調して下腹が充足しなくなる。恐怖や心配事は気血を失調させ、陽萎を引き起こすことになる」

「人の躰には、気が大切なのですね」

人間の躰の中には、気と血と津液（唾液）が流れている。気は五臓六腑を正しく動かし、病から人を守る力を持っている。

「三つ目は、命門火衰によるものだ。命門（腎臓）は男の精を蔵している。怪我や高熱などで命門を損傷することで陽萎が起こることがある」

「怪我や高熱は、本復した後も様々な病態を残すことがあります」

高熱が幾日もつづいた後で、目が見えなくなることがある。卒中風の後は、手足の麻痺が残ることも多い。学問所の講義で幾度も習ったことだ。

「四つ目は、心脾両虚だ。血を全身に巡らせる心の損傷により血が不足し、脾の損傷により気血の生成が悪くなる。思い悩むことで心が弱って血のめぐりが滞り、脾から気血が生まれなくなるのだ。気血両虚の病態により陽萎となってしまう」

「なるほど。陽萎の病根には、いろいろなものが考えられるのですね。恐ろしいことです」

「まさしく男には厄介な病だ」

「先生の見立てでは、蔦屋さんが陽萎になった病根はなんなのでしょうか」

駿は重三郎を見やる。間市は少し考えると、

「そうだな。遊女の祟りだろう」

澄ました顔で言ってのけた。

「西川先生。そりゃあ、あんまりだ」

重三郎が人のよさそうな笑みを零しながら、素っ頓狂に声を裏返す。

むろん、祟りを信じるような医者はいない。もしいたら藪医者だ。間市が本気で言っているのではないことくらいは百も承知だろう。

「先生。戯けたことを言わないでください」

駿は顔をしかめた。

「まあ、そう仏頂面をするな」

「していませんよ」

「どうせしておるであろう」

間市がまるで見えているかのように言う。

「だとしたら、先生のせいです。わたしは真剣にお訊きしたのに、先生が真面目に答えてくださらないからです」

「おまえはどうにも頭が固くていけない」

「先生が柔らか過ぎるんです」

間市の往診の供をするようになってもうすぐ三年になるが、いつもこんなことの繰り返しだった。

「おまえも少しは蔦屋さんのような粋人を見習ったらどうだ」

「蔦屋さんを、ですか」

「そうだ。蔦屋さんは吉原の水で産湯（うぶゆ）を使った生粋の吉原の申し子だ」

「吉原の申し子……」

上野国（こうずけのくに）（群馬県のあたり）玉宮（たまみや）村という田舎（いなか）の農村生まれの駿には、それがどんな暮らしなのか、思いも寄らなかった。

「なあ、そうだろう。蔦屋さん」

「そのような気の利いたものではございませんよ」

間市に問われて、重三郎は柔らかな笑みを浮かべる。

「吉原で生まれ育った蔦屋さんは、吉原大門（おおもん）の前に書店を開くと、『吉原細見（よしわらさいけん）』を出版して売るようになった。これが大当たりだ。刊行する度に飛ぶように売れた」

「その『吉原細見』とは、どのような本でしょうか」

「本当に何も知らないのだな」

間市が呆（あき）れたように言った。

「すみません」

「吉原遊郭の店ごとの遊女の名を余すところなく記した案内書のことだ。言わば遊女総覧だな。吉原で遊ぶ者にとって、これほど重宝するものはない。だが、蔦屋さんの才の秀でたところは、『吉原細見』をおまえのような吉原に一度も行ったことがない者にまで売ったことだ」

「遊郭で遊んだことがない者が、何故、吉原の案内書を買うのですか」

さっぱり意味がわからない。

「だから、おまえは世の中を知らぬと申すのだ」

間市がフンッと鼻を鳴らすと、呆れたように大袈裟に天を仰いだ。

「どうせ、わたしは唐変木ですから」

「おお、ようやくわかったか。儂の道具箱を持って三年で、おまえもやっと己の姿が見えるようになったようだな。いいか。男というものは、若かろうが老いていようが、銭があろうがなかろうが、女房がいようがいまいが、総じて吉原で遊びたいと思っているものだ」

「本当ですか」

「儂が言うのだから間違いない」

間市が胸を張る。

「言い立てるほどのことでもないと思いますが」

「江戸っ子は宵越しの銭は持たぬもの。わずかでも懐が温かくなれば、迷うことなく吉原に足が向く。先立つものがなければ、他人から借金をしてでも吉原へ行くし、借りる先がなければ、家財や着物を質に入れても銭を作る。ついに質入れするものがなくなれば、『吉原細見』を穴が空くほど眺めて、いつかは吉原遊びがしたいと夢を見る。それが江戸の男というものだ」

「本気で言ってますか」

ここまで言い切られると、もはや開いた口がふさがらない。

「それだけではない。江戸には五十万の武家と五十万の民が暮らす。江戸開府により徳川様のご家臣が移り住み、参勤交代により諸藩の武士も屋敷を構えた。町作りの人足や衣食を賄うための商人も日の本中から集まってきた。さらに高い年貢に苦しむ百姓の次男三男が職を求めて江戸に出てきた。これがどういうことかわかるか」

「いきなり訊かれましても」

間市の問いかけに、駿は首を左右に振る。

「江戸の町は、男ばかりだということだ」

「そういうことですか」

「所帯を持ちたくても女が少ない。だから吉原が栄えることになった。日の本一の遊郭だ。この世の極楽浄土と言ってもいい。田舎から江戸にやってきた旅人たちは、国元への土産にと、我も我もと『吉原細見』を買い求めた。それを一手に売って莫大な富を得たのが、ここにおられる蔦屋さんだ」

「諸国の旅人たちが土産に買ったんですか」

「うむ。だが、それだけじゃない。蔦屋さんは朋誠堂喜三二など江戸で人気を博していた多くの文人たちの本を手掛けて、黄表紙や洒落本を次々と出版していった」

黄表紙は江戸の巷を賑わせた事件や出来事を物語にしたものだ。

洒落本は遊郭の遊び方について書かれたものが多く、遊女と客の駆け引きを、粋だったり野暮だったりと面白おかしく描いていた。

どちらも大人向けの読み物として、大いに売上を伸ばしている。

駿だって二十歳の若者だ。医学書ばかりを読んでいるといっても、それくらいのことは知っている。学問所で学ぶ同年代の同門から、黄表紙を借りて読んだことがあった。

「すごいですね」

目を見開く駿に向かって、間市は口角をあげながら首を左右に振った。

「そこからが蔦屋さんの真骨頂だ。吉原の申し子ともなると、そんじょそこらの商人とは目の付け所が違うのだな。大店の版元が立ち並ぶ日本橋通油町に店を構えると、それまでは直筆で描かれていた浮世絵を木版刷りにして、版本として売り出した。木版ならば安価にたくさんの品数を揃えることができる。それまでは大名や旗本、大店の商人といった金持ちの道楽だった花魁の美人絵や歌舞伎の役者絵を、長屋で暮らす棒手振りだろうが商家の若い手代だろうが、誰にでも気安く買えるものにしたのだ。喜多川歌麿や栄松斎長喜の名前くらいは聞いたことがあるだろう」

「もちろん、あります」

「蔦屋さんが世に送り出した浮世絵師たちだ。蔦屋さんは作者を励まして、売れる絵や本を書かせる天賦の才を持っている。名人と言ってもいいな」

「そんな偉い方だったんですね」

駿は改めて重三郎に視線を向ける。

「西川先生は話に尾ひれを付けすぎですよ。浮世絵の版本を売っている版元なんて、江戸にはいくらでもおりますから」

恐縮したように、重三郎が再び手拭いで額に滲んだ汗を拭った。

「まあ、蔦屋さんが出版の名人であることに異を唱える者は、この江戸の町には一人もいないだろう。とくに男はな。多かれ少なかれ、みんな世話になっている。だから、蔦屋さんが吉原の遊女によって財をなしたというのも、当たらずといえども遠からずであろう」

「西川先生にはかないませんな」

これには重三郎も渋々頷く。

「ほら、みなさい。蔦屋さんが陽萎を患ったとなれば、遊女たちの祟りだと疑う儂の見立ても、あながち見当違いとも言えぬであろう」

カカカカッと、間市が大きな口を開けて笑った。

「西川先生。もう勘弁してください」

さすがに重三郎が頬を引きつらせた。

「ならば蔦屋さん、はっきりと申し上げよう。一昨年のことが、いまだに胸のつかえとなっているのではないか」

「それは……」

間市の言葉に、重三郎が表情を強張らせた。

──一昨年のこととは、いったいなんのことだろうか。

駿は息を呑んで、間市の次の言葉を待つ。

「蔦屋さんが江戸の庶民に思うままに洒落本や浮世絵を売ることができたのは、田沼様がご公儀の老中として、大らかな商いを許しておられたからだ。広く民が求めるものを売るというのは、商いの道理に他ならぬ」

「田沼様というのは、御老中だった田沼意次様のことですね」

田沼意次の名前くらいは、江戸に出てきてまだ三年あまりの駿でも知っていた。老中として将軍徳川家治公に仕え、天下の政を行っていた武家だ。

重三郎が駿に向かって、

「そうです。田沼様は世の商いというものを解しておられた。だが、武士というものは面倒なもので、この至って明白なことがまったくわかっていない。田沼様が失脚し、松平定信様が老中になられると、民にも倹約を強く奨励し、世の娯楽を厳しく取り締まるようになったのです」

そう言って苦々しげに唇を噛んだ。

重三郎の後を、問市が引き継ぐ。

「松平様は世の風紀を乱すとして、洒落本を禁じるお触れを出されたのだ。そして『仕懸文庫』『娼妓絹籭』『錦之裏』の洒落本三部が遊女の放埓な姿を書き綴った悪書であるとされ、作者である山東京伝に手鎖五十日の処罰を下された。さらに山東京伝をそそのかして洒落本を書かせた廉で、蔦屋さんは身上半減の闕所となったのだ。それが一昨年のことだ。蔦屋さん、そうだったな」

禁じられた洒落本を書かせた版元として、重三郎は家屋敷や財産の半分を幕府に没収されたわけだ。

言われてみれば、これほど大きな店なのに使用人は驚くほど少なかった。店の商いが傾いてしまい、使用人に暇を出したのだろう。

「相違ありません」

問市の問いかけに、重三郎は力なく頷いた。

「ご公儀のなさることとはいえ、蔦屋さんにすれば腹に据えかねる思いもあるだろう」

「家財を召しあげられたことなど、どうでもよいのです。金など働いて作ればよいのですから。何よりも洒落本を作ることを禁じられたことが、承服できないのでございます」

よほど悔しいのだろう。重三郎は血が滲むほどに唇を嚙み締める。

「己の本分と自負していた版元の仕事を禁じられたのだ。負の気が溜まりに溜まって、ついに陽萎を患ったとしても仕方がない」

「そうなのですか」

重三郎が不安そうに尋ねた。

「うむ。人の病とは、そういうものだ」

「西川先生。わたしの病は治るでしょうか」

すがるような眼差しで訴えかけてくる。

「安心なさい。治る病なら治る。治らぬ病なら治らぬ」

――梨庵先生も同じことをおっしゃっていたな。

田村梨庵は、駿が鍼灸医を志すきっかけになった医者だ。

同じ物言いをしても、梨庵の言葉は腑に落ちたが、間市が言うといかさま師のようにしか聞こえない。

それでも重三郎は安心したようだ。

「ありがとうございます。わたしは治るのですね」

どこをどう聞いたら納得できるのか、駿にはさっぱりわからないが、重三郎は膝行してにじり寄ると、間市の両手を取って涙を流さんばかりに喜んでいた。

三

駿は道具箱から、かあるてを取り出した。

間市の往診の供をするようになって三年あまり。駿が記したかあるての数は、すでに百冊を超えている。

間市が見立てた患者の病状や躰の様子、三食の献立や量、一日に飲んだ水の量や回数、便や尿の色や量、そして治療で鍼や灸を施したツボの位置などをできるだけ詳しく書き込んだ。間市が口にしたことは、どんな些細なことでも漏らすことのないように気を配ってきた。

それが今では駿の鍼灸医としての血肉になっている。

人として間市のことは大嫌いだったが、医者としては学ぶことばかりだった。悔しいが自分の未熟さを思えば致し方ない。

間市に指示されて、重三郎が着物を脱いで畳の上に横たわった。

重三郎の肌の上で、間市がゆっくりと指先を滑らせていく。時折、指を止め、強弱をつけながら肌を押した。

これは取穴といって、経穴――いわゆるツボの位置を探っているのだ。その様子を見落とすことのないように、瞬きさえ惜しんで目で追っていく。

「関元、腎兪、命門、太谿それから三陰交だな」

間市が駿に向かって、治療のためのツボの位置を伝えてくる。

「はい。わかりました」

駿は矢立を取り出すと、慣れた手つきでかあるてに人体図を描き、間市の示したツボをその上に加えた。

俯せに寝ていた重三郎が、

「西川先生。ひとつお願いがあるのですが」

顔を起こして間市に訴えた。

「どうされましたかな」

「この期に及んで情けないことなのですが、わたしはどうにも痛いのが苦手でございまして……」

重三郎が恥ずかしそうに目を泳がせる。

「痛いのが得意な者などおらんだろう。それに儂の鍼は、痛くない」

「本当でございますか」

「知らん」

「えっ、そんな……」

重三郎の顔に怯えの色が広がった。

「儂は患者に鍼を打つだけだからな。己に打ったことはないから、儂の鍼がどれほどの痛みなのか、知る由もない」

これは嘘だ。間市が自分自身に鍼や灸をすることは珍しくない。

弱音を吐く重三郎のことを、面白がって茶化しているのだろう。

「そんな殺生な」

「だいたい天下のご公儀に異を唱え、御禁制にされた洒落本を江戸中で売りまくった天下無双の蔦屋重三郎ともあろう男が、鍼の一本や二本で何を泣き言など申しておるのだ」

「打つのは一本か二本なのですか」

「いや、二十本ほどは打つだろうな」

「やはり、怖いです」

重三郎が童のような泣き言を口にする。

「管鍼を支度しなさい」

間市が呆れた顔をして駿に命じた。

「はい。管鍼ですね」

駿は道具箱から取り出した管鍼を、たらいの湯を使って、一本いっぽん丁寧に清めはじめる。

患者の病状にもよるが、間市の治療は普通の鍼だけでなく、管鍼を使って行うことも多い。これを管鍼法という。

管鍼法は鍼を鉄の細い管に入れて、指先で管から出ている鍼の頭を軽く叩きながら打ち込む。管を患者の肌に軽く押し当てると、肉が管の中でわずかに盛りあがるのだが、そこに鍼を打つために痛みを感じにくくなる。

管鍼法は間市より百年ほど前に、杉山和一検校が考案して今に伝わっている技法だ。

杉山和一は武家の嫡男として生まれたが、幼少の頃に流行病で失明した。齢十七になると鍼師になるために江戸で学んだが、器量が足りずに師匠より破門されてしまった。新たな入門先へ向かう途中で江ノ島弁財天に立ち寄り、御利益にすがろうと断食の修行をした。

すると、その後の旅路で奇妙なことが起こった。石に躓き転んで気を失っていると、夢の中に弁財天が現れたのだ。そして目を覚ますと、落ち葉に包まれた松葉を手にしていた。

和一はこれから、管鍼法を思いついたという。

駿に限らず学問所で管鍼法の講義を受ける門人は、誰でもこの有名な逸話を聞かされる。

駿は管に鍼を収めていく。これを二十組ほど作って、天鵞絨(びろうど)の敷布の上に並べていった。

「鍼を」

間市が伸ばした手のひらの上に、駿は管鍼を置く。

間市が重三郎に、鍼を打ちはじめた。

重三郎の躰が、ピクッと小さく震える。が、痛みはほとんどないようだ。

「関元は腹にあるツボで、臍(へそ)から指四本ほど下にある。関とは国境(くにざかい)の道にある関所と同じで、要(かなめ)という意味を持つ。臍下(せいか)のことを丹田(たんでん)というが、ここに命の源が蓄えられているのだ」

間市が鍼を打つ度に、駿にツボの細かい位置や効能について注釈してくれた。

「腎兪は背中側にあるツボで、臍の高さで腰に両手を置いたとき、自然に親指が届くところにある。鍼だけでなく指圧や灸でも、男子の淫欲や遺精(いせい)を高めることができる」

「このあたりかな」

駿は、己の腰に両手を当て、腎俞のツボを押してみた。下腹が熱を持ってくるような気がした。

「命門は腰のあたりにあり、腎俞と腎俞に挟まれた中心にあるツボだ。ここに鍼を打ったり灸を据えたりすると、血のめぐりがよくなるのだ」

「腎俞がわかれば、命門は見つけやすいですね」

駿の言葉に、間市が頷く。

「太谿は内側の踝と腓の間の小さな窪みの中にあるツボだ。ここに鍼を打つと、腸の動きが盛んになって食が進む」

「夏の暑さで食が細くなっている老人の治療をするときに、先生がここに灸を据えているのを見たことがあります」

駿は去年の夏に治療した患者のことを思い出した。

「三陰交は脹ら脛の内側で、踝から上に三寸のところにある。虚血（貧血）であったり、血の流れが滞る瘀血のときに効くツボだ」

「女子の血の道の病（月経不順や更年期障害）にも効くと習いました」

「口を動かすのはかまわないが、かあるてを書く手を止めるでないぞ」

「はい。わかってます」

間市の道具箱を持って往診の供をするようになって三年だ。改めて言われなくても、かあるてがどれほど大切なものかはよくわかっていた。

間市がかあるてを弟子に書かせるようになったのは、駿が弟子になるずっと前のことだ。長崎帰りの蘭方医から教えてもらったと言っていた。

――万物は流転しておる。人の躰も同じだ。人の営みのあらゆることが、病の治療に繋がっている。

かあるてが何故大切なのか、間市から教わったことだ。

駿は次々と管鍼を間市にわたしていく。

間市が重三郎の腰に鍼を打った。すでに十本を超えている。深く刺さった鍼が、重三郎の呼吸に合わせてかすかに揺れていた。

「西川先生。少しも痛くありません」

重三郎が気持ちよさそうに目を閉じている。

「当たり前だ。儂を誰だと思っておるのだ。江戸一の名医だぞ。大奥からも声がかかり、御部屋様の脈だってお取りしているのだ」

「西川先生の評判は存じております」

「うむ。何も案ずることはない。十日もしないうちに、吉原が恋しくて仕方がないようにしてやる」

「本当ですか」

「遊女の祟りなど、儂の鍼をもってすれば恐るるに足りぬ」

治療中にもかかわらず、相も変わらず口が悪い。

「わたしは祟られるようなことはしておりません」

重三郎が顔をあげると、強い口調で言った。頬は強張り、唇は固く引き結ばれている。大きく開かれた眼は、さらに輝きを増していた。

「何を熱くなっておるのだ」

重三郎の剣幕に、珍しく間市がたじろぐ様子を見せる。

「わたしが錦絵を売っているのは、遊女たちの力になりたいからです。人気が高まることで、少しでも早く借金を返して、年季を一日でも短くできれば、それだけ不幸な女子を助けられるかもしれません」

「そんなことを考えていたのか」

「わたしは西川先生がおっしゃる通り、吉原で生まれ育ちました。物心ついたときから、数えきれぬほどの不幸な女たちを見てきました。わたしには、なんの力もありません。世の不条理を思っても、わたしに変えられるものと変えられないものがございます。ならば、わたしにできることで、世の中を変えようと思ったのでございます」

重三郎が揺るぎない思いを、力強い言葉にした。

「わかった、わかった。ならば、儂が本復を請け合ってやる」

間市の返事に、駿は驚いて目を見開く。

重三郎の剣幕に押されたのか、それとも熱い思いに心を動かされたのか、間市にしては珍しく治療の首尾を約束した。

「西川先生。ありがとうございます」

「だから一日も早く陽萎なんぞ治して、これからも洒落本や浮世絵をたくさん出版しなさい」

「承知しました。ご公儀なんぞに負けません。わたしが作る本を、江戸八百八町に暮らす人たちが待っているんですから」

重三郎は熱く語ると、顔を伏せて、再び間市に身を委ねた。

四

くるるっと、腹が鳴った。

駿は慌てて右手で腹を押さえる。

蔦屋重三郎の往診を終えた帰り道だ。深川(ふかがわ)まで戻ってきているので、学問所まではあと少しだった。

「腹の虫がうるさいの」

間市に冷やかされる。

「先生と蔦屋さんの話が長いからですよ」

「そうだったか」

「治療をしているよりも、どこぞの太夫が人気があるとか、ほとんど郭話をしていただけじゃないですか」

駿は愚痴を言う。

間市は興が乗らない患者の治療は手際よく手短に行うが、相手との話が盛りあがると、かなり手間暇をかけることがある。

今夜も重三郎とは吉原の話があれこれと尽きず、おかげで気がつけばずいぶんと長居をすることになってしまった。

「腹が減ったな。飯を食っていくか」

さすがに少しは申し訳ないと思ったのか、間市が声をかけてくる。

「ご馳走していただけるんですか」

「儂も軽く一杯やっていきたい心持ちだからな」

「ありがとうございます」

駿は素直に喜色を露わにした。

「なんだ。そのように嬉しそうにされると、日頃は儂が馳走していないみたいではないか」

「ご馳走していただいた覚えがあまりございませんが」

「おまえは頭が足りぬだけでなく、物覚えまで悪いのか」

「先生こそ惚(ぼ)けが始まってるんじゃないですか」

「嫌なら連れていかんぞ」

「誰も嫌なんて言ってません」

万事がこの調子だった。

学問所でも三指に入る高位の医者である間市に対して、ここまで歯に衣(きぬ)着せぬ物言いは、見ている周りが案じる声をあげるほどだったが、当の本人である駿は、少しも意に介することはない。

駿としては、間市の弟子をいつお役御免になっても構わないのだ。

そもそも思ったことを口に出さずにはいられない。間市もどこかでは、それを面白がっている風でもあった。

「この店にするか」

間市が深川屋(ふかがわや)という居酒屋の前で足を止める。

駿は初めての店だったが、間市は何度か来たことがあるようだ。間市は目が見えないはずなのに、こういうときはピタリと店を探し当てる。

「いらっしゃいませ」

暖簾をくぐると、威勢のいい声に迎えられた。

駿は間市の手を取り、座敷にあがる。

「親父。酒を頼む。豆腐と菜漬と、うーん、焼魚は何ができるのだ？」

間市が慣れた様子で、深川屋の店主に声をかけた。

「鰯のいいのが入っていますが」

「うむ。もらおう。今日は若い者を連れているから、アレもできるか？」

「へい。一人前でよろしいですか」

「儂ももらうが――」

「先生は酒の後ですね」

「そうしてくれ」

如何にも人がよさそうな店主とは、かなりの顔馴染みなのだろう。掛け合いも淀みがない。

「アレってなんですか」

今夜はどうにも「アレ」ばかりだ。

「まあ、出てきてからのお楽しみだ」

間市は意味深に言うと、口角をあげた。

「本当に先生はよくお酒を飲まれますよね」

「なんだ。居酒屋に入って早々に嫌味か」

間市が眉をひそめる。

「そういう訳ではないんですけど」

「いいか。火事と喧嘩は江戸の華というほど、江戸では火事が多い。江戸のすべてが灰燼に帰したことが幾度もある。だから、江戸の庶民は財産を蓄えようという気にならないんだな」

「大切に持っていても、いつ燃えてなくなってしまうかわからないってことですね」

駿の言葉に、間市が頷いた。

「着物も季節ごとに何枚も買うのではなく、一枚を季節にあわせて衣替えしていくだろう」

「袷や綿入れですね」

夏の間は単衣という薄物を着る。秋になると裏地を縫い付けて袷にする。寒くなれば袷に綿を入れる。春になって寒さが緩めば綿を抜いて着る。古着で買った着物に綿を入れたり抜いたりして、一年を通して着つづけるのだ。

「宵越しの銭は持たないといわれる江戸でも、とりわけ一日に千両もの大金が落ちるところが三つある。芝居町（歌舞伎）と吉原（遊郭）、それに魚河岸（市場）だ」

「それだけ江戸の人たちは魚が好きなんですね」

「上野国から出てきた駿ならば、よくわかるだろう」

たしかに江戸では、武士だろうが町民だろうが魚をよく食べる。

「海の魚は、煮ても焼いても美味しいです」

店主が徳利と盃を載せた盆を持ってきた。盆には豆腐と菜漬もある。盃は二つあったが、駿は酒を飲まないので、手に取らない。間市のほうも駿に注ぐ気など毛頭ないらしい。

しばらくすると、店主が焼いた鰯とともに、どんぶりものを持ってきた。

「これはなんですか」

駿は店主に尋ねた。

「たくさんの馬鹿貝（あおやぎ）の剝身を葱や油揚と一緒に味噌で煮込んで、白飯にぶっかけたものです。深川の漁師たちが、船の上で漁の合間に食べている賄いなんです」

なんともいい匂いがする。

「初めて食べます」

駿が生まれ育った上野国には海がない。海の魚介を食べるようになったのは江戸に出てきてからだったが、このどんぶりものは初めて見た。

「馬鹿貝をこんな風にして食べさせる店は、深川でもここだけだ」

間市が盃を舐めながら言った。

「どうなんですかね。深川の漁師の間では珍しいものじゃありませんから、すぐに広まるんじゃないですか」

店主が頭を掻いている。

「この料理は、なんていうんですか」

駿は店主に尋ねた。

「漁師たちが漁の合間に食べている料理ですから、名前などありませんよ」

「それでアレって言ってたんですね」

合点がいく。

「漁師たちもアレって呼んでますよ」

それを聞いていた間市が、

「ならば、儂が名をつけてやろう。馬鹿貝を盛り付けた料理だから、馬鹿飯というのはどうだ」

真っ赤な顔をして笑う。

「なんですか、それ」

駿は顔をしかめる。

「おまえのような馬鹿には丁度いいだろう」

「わたしは兎(と)も角(かく)、深川の漁師さんたちに怒られますよ」

「なんでだ？　面白いと思うのだが」

間市はすでに酔っているのだろう。駿は相手にしないことにする。

「馬鹿貝だけでなく、浅蜊(あさり)や蛤(はまぐり)なんかを使ったら、深川ばかりか江戸中で評判になるんじゃないですかね。深川飯とか言われて」

「何が深川飯だ。おまえは本当に馬鹿だな。そんな安易な名をつけて、評判になる訳がないだろう」

「もう、人のことを馬鹿って言わないでくださいよ」

駿はどんぶりものを口いっぱいに掻き込んだ。

口中に味噌や葱の風味がたっぷりと染み込んだ馬鹿貝の濃厚な味わいが広がる。嚙み締めれば嚙み締めるほど、味が濃くなるようだ。これなら白飯がいくらでも食べられそうだ。

「美味しいです」

駿は満面の笑みを浮かべた。

五

深川屋は少しずつ客で混み合ってきた。

駿と間市のすぐ隣にも、一人の男が座った。

手酌で徳利の酒を飲んでいる。肴は焼いた蛸の足だけだ。すぐに徳利が空いたようだ。

「親父。酒をもう一本くれ」

男が手にした徳利を、頭上に掲げて左右に振る。かなり酔いがまわっている。

「善右ヱ門さん。申し訳ないですが……」

店主が済まなそうに頭をさげる。

「俺に酒は出せぬと申すか」

「ずいぶんと、つけがたまっておりまして」

「俺が踏み倒すとでも言うのか」

善右ヱ門が酔いにまかせて声を荒らげた。

「とんでもございません。善右ヱ門さんが真面目な御方だということは、よく存じております。それでも見ての通り、うちも吹けば飛ぶような小さな店でございます。つけがたまれば、商いがどうにもなりません。どうか、ご勘弁をいただけないでしょうか」

「つまりは俺を疑っているということではないか」

「そうではないのですが……」

店主が困っている。

た。


――困っている人は助けなければ。

酔った勢いで店主に無理難題を押しつける客の姿を、今までも彼方此方(あちこち)の店で見てきた。

どうして人は酒に酔うと、人としての道を踏み外すのだろう。本人は大したことではないと思っているのかもしれないが、酔うほど酒を飲むことのない駿からすれば、腑に落ちぬ振る舞いに他ならない。

駿は立ちあがろうとした。が、間市に腕を摑(つか)まれ、止められる。

「やめておけ」

「どうして止めるんですか」

間市に小声で異を唱える。

「おまえが出ていけば、話が余計に込み入ったものになるだけだ。かえって店主に迷惑をかけることになる」

「このまま放っておく訳にはいかないじゃないですか」

「だから、おまえは馬鹿だと言うのだ」

「困っている人を助けることが馬鹿なことなんですか」

「ああ、その通りだ」

「どうしてですか」

「おまえは思い込んだら、正面しか見えなくなる」

「だとしたら、馬鹿でけっこうです」

駿は再び立ちあがろうとした。すぐさま、さらに強い力で間市に止められる。

「やれやれ、仕方ない。これは貸しだぞ」

間市はそう言うと、

「親父。儂からこの方に酒を一本つけてくれ」

隣に座る善右ヱ門と、困った顔で立ち尽くす店主に声をかけた。

善右ヱ門と店主が顔を見合わせ、次には怪訝そうに間市に視線を向ける。

「よろしいんですか」

店主が間市に訊き返した。

「ああ。儂ももう少し飲みたいから、まとめて二本持ってきてくれ」

が、当の善右ヱ門は、

「どちら様かわかりませんが、お気持ちだけはありがたく頂戴しておきます」

そう言って口元を引き結んだ。

「おや。酒を所望されておられたのではないのですか」

「これはお恥ずかしいところを見られてしまいました。たしかに酒は飲みたいが、見も知らぬ方から酒を馳走になる謂れがありません」

　善右ヱ門が首を左右に振った。

「申し遅れました。儂は西川間市と申す者。ここにいるのは供をしてくれている駿といいます。この通り、儂は目が見えません。お名前から察するに、お武家様でおられますかな」

　間市の言葉に、駿は改めて善右ヱ門に視線を向ける。

　腰に大小は差していない。紺木綿の腹掛けと股引に半被を引っかけている姿は、どう見ても大工か何かの職人のように見えた。

　善右ヱ門は酒に酔った赤ら顔を引き締めると、間市の顔を覗き込んだ。合わぬ視線に、間市の目が不自由であることを悟ったようだ。

「俺……いや、わたしは大石善右ヱ門と申します。如何にも元は武士でしたが、今は訳あって刀を捨て、大工を生業として暮らしています」

　言葉遣いも改まった。

「そうですか。儂は杉坂鍼治学問所で鍼灸の仕事をしています。己の目が見えぬゆえ、他人様の暮らし向きについて話を聞くことを数少ない楽しみとしておりまして、今宵も鍼治療をしながら、すっかり患者の話を聞くことに夢中になり、遅い夕餉をここで取っていたところです」

「お医者様でおられましたか」

善右ヱ門が身を乗り出してくる。

「無礼を承知でお頼みいたしますが、善右ヱ門殿が何故に深酒をされておるのか、話をお聞かせいただけないでしょうか。袖振り合うも多生の縁と申します。酒を酌み交わしながら、話をするのではいかがでしょう」

「なるほど、それならば酒を馳走していただく道理が立つ。喜んでお受けいたしましょう」

どうやら間市の目が不自由であることや医者であることが、善右ヱ門を我に返らせることになったようだ。

そこまで話を聞いていた店主が、

「では、酒を二本つけてまいります」

と、安堵したように勝手にさがった。

駿は、間市の言葉巧みなやり取りに、唖然とするばかりだった。たしかに自分が出ていったとしても、このように話が収まることはなかっただろう。

すぐに店主が徳利を運んできた。善右ヱ門が徳利を手に取り、間市の盃に注いだ。つづけて己の盃にも手酌する。

「わたしは譜代の御家人の家に生まれました」

盃を一息に空け、湿らせた喉で話をはじめた。

「譜代の御家人とは、神君家康公から四代家綱公までの間に、将軍家に仕えた家柄ということですな」

間市も盃を空ける。

「さすがはよくご存じですね。惣領が家督を相続して、御役を代々引き継ぐことが許されている家です」

「それは名家でございますな」

「言うほど大したものではありません。父の家禄は二百俵取りでしたから、暮らし向きは慎ましいものでした」

「それでも、お家柄は旗本と遜色なかったのではないですか」

その言葉に気を良くしたのか、善右ヱ門が双眸を和ませた。

「それ故、面倒もあるのです」

「と、言われますと？」

「齢二十五になったとき、親同士が決めた上役の娘との婚儀がまとまったのです」

「上役のご息女とあれば、良縁に他なりませんな」

間市が笑いかける。が、善右ヱ門は眉根を寄せると、首を左右に振った。

「わたしには、親に隠して会っていた女子がいたのです」

そこまで聞いて、駿は黙っていられなくなり、

「まことでございますか」

と、身を乗り出して声をあげてしまう。

「気になりますか」

「申し訳ありません」

駿は無礼を詫びた。

「取引のあった品川の札差の一人娘で、おりんといいました。わたしより三つ年下で、気立てのよい優しい娘でした」

「どうなったんですか」

善右ヱ門が盃を持ちあげたので、駿は徳利を手にして酒を注ぐ。

「二人で幾度も話し合い、ついには駆け落ちをすることにしました」

「御家人の家を捨てたのですか」

駿の言葉に、善右ヱ門が首を横に振る。

「むしろ、家を捨てたのはおりんのほうです。わたしの家は徳川様の御家人の家柄といえども、俸禄は高が知れており、暮らし向きには窮していました。だが、おりんの家は武家の扶持米の取引によって、莫大な財を成した豪商です。おりんは贅沢な暮らしを約束されていたにもかかわらず、わたしと駆け落ちしたことで、貧乏暮らしを余儀なくされてしまったのですから」

「でも、好き合った仲だったんですよね」

「たしかに、そうでした」

善右ヱ門が寂しげに微笑(ほほえ)む。

「どういうことですか」

「本所(ほんじょ)の長屋に部屋を借り、二人で狭いながらも所帯を持ちました。わたしは刀を売った金を元手にして、傘作りの仕事をはじめました」

「傘作りですか」

駿は傘を持っていない。

上野国玉宮村の百姓は、雨が降れば簑(みの)を被(かぶ)るだけで、傘を差している人はいなかったし、江戸に出てきてからも、高価な傘を買うような金はなかった。

そんな駿の顔色を読んだ善右ヱ門が、

「傘は高値ですよね」

苦笑いを浮かべる。

「どうして傘作りなんですか」

駿は尋ねる。

「高値で手が出にくいからですよ。だからこそ、どんな雨風にも負けない強い傘を作って、買った人が末永く使えるようにしてあげたいと思ったんです」

傘は、竹で骨組みを作って厚手の油紙を張る。

傘屋で売られている値段は、一本で三匁（約七千五百円）ほどもする。よい品だと八匁（約二万円）を超えるものもあった。

庶民が容易く買えるものではない。

「なるほど。壊れない強い傘なら、みんなに喜ばれますね」

横目で間市を見ると、まったく関心がなさそうに、手酌で酒を飲んでいた。

「わたしが作った傘は壊れないと、傘屋でも評判になり、飛ぶように売れたそうです」

「よかったじゃないですか」

だが、善右ヱ門が目を伏せる。

「はじめはよかったんです。でも、三年が過ぎた頃から、傘屋がわたしの傘を買ってくれなくなったんです」

「どうしてですか。善右ヱ門さんの傘は、みんなに喜ばれる傘なんですよね」

駿は、軽井沢宿の団子屋の仕事を、幼馴染みの涼と一緒に手伝ったことを思い出した。

そのときに涼から教えてもらったのは、団子屋は団子を売るのではないということだった。

団子屋に団子を買いにくる客は、団子が食べたいから団子を買うのではない。

旅籠屋で働く人ならば、ひとときの息抜きを求めにくる。長旅で疲れている旅人ならば、足を休めたり、躰の疲れを癒やすために団子を食べる。

団子を買うのは、その先にある幸せを求めてのことだ。

「傘屋の主人が言うには、わたしが作った傘は丈夫過ぎるのだそうです。一度買ったら、なかなか壊れない。だから、新しい傘が売れない。それでは傘屋は儲からない。もっと弱くて壊れやすい傘を作ってくれと言われました」

「そんなのおかしいですよ」

駿は納得できなかった。

「わたしも傘屋に、それは間違っていると言いました」

「当然です」

「しかし、傘屋からはもうわたしの作った傘は仕入れられないと言われました」

「無茶苦茶じゃないですか」

「だから、わたしは傘作りをやめました。みんなに喜んでもらえない仕事なら、つづけることはできません」

「傘作りをやめて、どうしたんですか」

「長屋の大家さんに紹介してもらって、大工の仕事につきました」

「それでその格好なんですね」

善右ヱ門が首肯する。

間市は焼魚を箸で突いていた。魚の身はボロボロになっていたが、目がよく見えないのだから仕方がないだろう。

「大工になって三年は、死に物狂いで働きました。棟梁に弟子入りしたのが遅かったので、兎に角、早く仕事を覚えたいと思って真面目に働きつづけました。他の弟子たちが休んでいるときも、仕事をつづけました。おかげで、棟梁にも腕をあげたと褒めてもらえることが多くなりました」

「よかったじゃないですか」

再び、善右ヱ門が視線を落とす。

「ところが他の弟子仲間から、もっと仕事をゆっくりやってくれと言われました。わたしばかりが生一本に仕事をしていると、他の者が怠けていることになり迷惑なのだそうです」

「それは違うんじゃないでしょうか」

「わたしもそう思いました。だから、弟子仲間から言われたことを、棟梁に訴えたんです。でも、棟梁からも、わたしが働き過ぎると普請が早く終わってしまって、もらえる日当が減ってしまって困るので、もう少し手を抜いてくれないかと頼まれました」

「そんな……」

「わたしはどうしたらいいのかわからなくなって、長屋の大家さんに相談したんです。大家さんからは、『どうしたらいいのか、何が正しいのか、わたしが教えてあげられることは何もない。自分で考えなさい』と言われました」

善右ヱ門が徳利をひっくり返した。もう、酒はなくなっていた。

「それでどうしたんですか」

「妻に相談しました。わたしが一生懸命に働けば働くほど、棟梁や弟子仲間を困らせることになる。だから、大工の仕事をやめたいと思っていると伝えました」

「奥様は、なんて言われましたか」

駿は膝の上で両手の拳を握り締める。

善右ヱ門がゆっくりと首を左右に振った。

「翌日、仕事から帰ると、妻は書き置きの文(ふみ)を残して、実家に帰ってしまっていました。そこには、わたしのことを信じていると、ただそれだけが書かれていました」

「酷(ひど)いです」

「それが三月(みつき)ほど前のことです。今は大工の仕事に出るのは、棟梁や仲間に迷惑をかけないように、十日に一度ばかりになりました。おかげで情けないことですが、この店のつけさえ払えぬ始末。ああっ、わたしは、どうすればよいのでしょうか」

善右ヱ門が酔い潰れたように泣き崩れた。

「おまえはどう思うのだ」

深川屋を出た後の帰り道。

駿は夜道を間市の手を取りながら歩いていた。もう片方の手には、間市の道具箱を持っている。

「善右ヱ門さんは、間違っていないと思います」

「ほほう。そう思うか」

「当たり前じゃないですか」

「何故、そう思うのだ」

「まずは傘屋が間違っています。丈夫過ぎる傘を作って何が悪いんです。それで傘が売れなくなっても仕方ないじゃないですか。それに大工仲間や棟梁の言っていることも筋が通りません。真面目に働いている善右ヱ門さんが大工仲間に合わせるのではなく、大工仲間こそが、もっと一生懸命に働くべきですよ。長屋の大家さんだって、おかしいです。大家といえば親も同然、店子(たなこ)といえば子も同然です。もっと親身になって、相談に乗ってくれてもいいじゃないですか。一番おかしいのは奥様ですよ。善右ヱ門さんは上役の娘さんとの婚儀を投げ打って、武士の身分を捨ててまで駆け落ちをしたんです。貧乏暮らしは、奥様のためなんですよ。いくら仕事がうまくいかなかったからといって、金持ちの実家に帰ってしまうなんて、わたしは許せないです」

駿は思いの丈を吐き出した。

「おまえは三年も儂の下にいて、少しも成長しておらんのだな」

「どういうことでしょうか」

「相も変わらず、己が見たいと思うものしか見ていないと言っておるのだ。せっかく、不自由のない目を持っているというのに、それでは本当に見るべきものを見ることはできない」

この話を、間市から何度されたかわからない。

「今度ばかりは、わたしが間違っているとは思えません」

駿も意地である。きっぱりと言い放った。

「ふんっ。いいか。正しき道というものは、ひとつではないのだ」

「正しいのですから、道はひとつだけでしょう。別の道があるなら、それは間違っているということです」

すぐさま言い返す。

「おまえは本当に何もわかっていないのだな」

呆れ果てたとばかりに、間市が溜息を吐いた。

「何がわかっていないのか教えてください」

「傘屋には、傘屋の道理があると申しておるのだ」

「なんですか、それ」

「いいか、傘は高価なものだ。それはわかるな」

「わかります」

駿は頷く。

「誰でも容易く買えるものではない。だから、暮らしに困窮した武士の内職や浪人の仕事として、傘張りという仕事が成り立つのだ。傘張りとは、古い傘を直す仕事だ。高価な傘は、たとえ壊れても捨てる者はいない。古傘買いという棒手振りに売って金に換える。傘張りをしている武士は、古傘買いから壊れた傘を買い取り、折れた骨を直し、破れた油紙を張り替えて、これを傘屋に売るのだ。貧しい武士や古傘買いの棒手振り商人からすれば、丈夫な傘ばかりになったら飯が食えなくなる。多くの町民だって、新しい高価な傘には手が出なくても、傘張りが直した安い傘なら買うことができる。儂の申していることとは違うと思うか」

「それはそうかもしれませんが……」

「つまり、善右ヱ門殿の傘は、庶民を困らせることになるということだ。傘屋はこれを案じたのだ」

「それでは、大工仲間のことはどうなんですか」

「善右ヱ門殿が慣れぬ大工仕事を一生懸命に覚えようとしたことは、見上げた心意気である。普請の仕事にも真面目に向き合っている。これは立派な振る舞いだ」

「そうですよね」

駿は、我が意を得たりとばかりに声を大きくした。

「だが、人にはそれぞれ事情というものがある」

「事情ですか？」

駿は、嚙み締めるように間市の言葉を繰り返す。

「同じことを学んでも、早く覚える者とそうでない者がいる。これは何も怠けている訳ではない。持って生まれた才というものがあるのだ。それに善右ヱ門殿の弟子仲間だが、生まれたばかりの赤子がいたかもしれないし、身内に長患いを抱えている者がいたのかもしれない。子育てや看病に疲れていれば、大工仕事に身が入らぬことも致し方あるまい。そうは思わぬか」

「そんな話は聞いていません」

「善右ヱ門殿が知らなかっただけで、そういうことがあったかもしれないし、なかったかもしれない」

「長屋の大家さんはどうなんですか」

「善右ヱ門殿は武士の身分を捨て、評判となった傘作り職人もやめて、今度は大工の仕事まで離れようとしていた。駆け落ちまでして添い遂げた妻を抱えていながら、生業を幾度も替えることは、人生にとって容易い決断ではない」

「だからこそ、年長者である大家さんが豊かな見識をもって助言をしてやるべきなのではないでしょうか」

「年長者で豊かな見識があるからこそ、大家は己が助言することはよくないと思ったのだろう。大切な人生だ。思い悩んだときは己自身で決めなければ、どのような成り行きになったとしても悔やむことになる。大家は、そうさせたくなかったのだろう」

「それは大家さんが責めを負いたくないからではないのですか」

　駿には、大家が逃げたように思えた。

「おまえもわからぬ奴だな。いいか。人の道とは、成すか成さぬかではないのだ。大事なのは、成すために己が何を決めたかということだ。他人に決めてもらった道では、何処へ辿り着こうとも、後で悔やむことになるものだ」

　——他人に決めてもらった道では、後で悔やむことになる。

　駿は、胸の内で間市の言葉を繰り返した。

　果たして、今まで己の歩む道を自分で決めてきただろうか。医者になろうと思ったのも、江戸に出て杉坂鍼治学問所で修業をすることにしたのも、涼や梨庵の言葉に従っただけではないのか。

涼の最後の文を読んでいなかったとしても、自分は医者への道を踏み出せていただろうか。

駿は首を左右に振った。

目の見えぬ間市が、躓くことなく夜道を歩きつづける。

「では、奥様はどうなんですか」

「おまえは先ほど、善右ヱ門殿が貧乏暮らしになったのは奥様のためだと言ったな」

「はい。言いました」

「おまえは善右ヱ門殿の奥様と茜のことを重ねていたのではないか」

「そ、それは……」

「おまえが許せないのは善右ヱ門殿の奥様ではなく、茜なのだろう」

図星だった。自分でも顔が強張っているのがわかる。

茜は駿の幼馴染みだ。物心ついた頃から、兄と妹のようにいつも一緒に過ごしてきた。

いや、兄と妹なんて嘘だ。駿にとって茜は初恋の人だ。

茜の父は村名主だったが、百姓一揆の企てを止めることができなかった廉で死罪となり、残った家族は村から夜逃げをした。

茜がいなくなる前の夜に、明日葉と名づけた山桜の古木の下で交わしたくちづけを、駿はけっして忘れることはなかった。

それから三年、茜の行方は知れなかった。

茜と再会したのは、江戸の町だった。茜は荷車から崩れた酒樽の下敷きになり、その怪我がもとで記憶を失ってしまった。

会えなかった三年の間に、茜がどこで何をしていたのかはわからないままだった。

駿はそれでもいいと思った。たとえ駿のことを覚えていなくても、茜が傍にいてさえくれればよかった。

桜が満開の季節。二人で上野の不忍池に花見に行った。水茶屋で団子を食べながら、いつの日にか一緒に玉宮村に帰って、明日葉が咲くのを観ようと約束した。

だが、その約束が果たされることはなかった。

茜の夫だという人が現れたのだ。

その人は川越の大店の呉服屋角廣の主人で、一郎兵衛といった。夜逃げをした茜の家族を養い、茜を妾にして一緒に暮らしていたのだ。

それでも茜は、ずっといつまでも駿と一緒にいると言ってくれた。駿もそれを信じた。

でも、茜は一郎兵衛とともに旅立ってしまった。

あれから二年が経とうとしている。

「おまえは茜に裏切られたと思っているんじゃないのか」

「裏切られたなんて……」

「茜がおまえを捨てて、角廣の一郎兵衛殿のもとへ帰ってしまったことが、今でも許せないのだろう」

「そんなことは……」

否だと間市の言葉を打ち消そうとして、言葉に詰まってしまう。本当は間市の言う通りだった。あれからずっと茜のことを許せないでいる。いや、心の内では恨んでさえいた。

「だが、本当に茜がおまえを捨てたのだと思うか」

「どういうことですか」

「茜はおまえを大切に思うからこそ、一郎兵衛殿とのことで傷つけたくないと思ったのではないのか」

「だから、わたしのもとからいなくなったというのですか」

「江戸の名門の学問所で医者の道を歩みはじめていたおまえのことを、商人(あきんど)の妾に落ちぶれた自分が惑わせたくないと、あの娘なら思ったとしてもおかしな話ではあるまい」

夜道では、間市の顔色はわからない。横顔を覗き見るかぎりでは、いつもと変わらないように思えた。

「善右ヱ門さんの奥様も茜と同じ思いだと言うのですか」

「善右ヱ門殿は御家人の家柄で、親同士が決めた上役の娘との婚儀も決まっていた。奥様からすれば、商家の娘である自分と出会うことがなければ、善右ヱ門殿は迷うことなく侍として生きていたはずだった。善右ヱ門殿の人生を狂わせ、貧乏な町人暮らしをさせているのも、すべては自分のせいである。だから、善右ヱ門殿の幸せを心から願って、夫を愛するが故に、涙ながらに身を引いたのではないか」

「奥様にそのような深いお考えがあったなんて、考えてもみませんでした」

言われてみれば、武士である善右ヱ門よりも、商人の娘であったおりんのほうにこそ、負い目があったのかもしれない。

間市の言葉に、駿は打ちのめされる。

「どうだかな。儂は知らん」

間市が急に足を止めた。駿もつられて立ち止まる。

「えっ？」

「深い考えがあったかもしれないし、金持ちの実家の暮らしが恋しくなって、貧乏な夫に三行半（みくだりはん）を投げつけただけかもしれない」

「そんないい加減な……」

「茜だって、本当に医者になれるかどうかもわからぬおまえなんかより、金持ちの商人の妾のほうが幸せだと思ったのかもしれん」

「酷いです」

「儂は、人には事情があると言っただけだ。本当のことなど、当人にしかわからぬことだ」

「それでは、わたしは何を信じればいいのですか。正しき道とはなんなのでしょうか」

「目が見えるとは、不自由なものよな。正しき道は、人の数だけある。己に見える道だけが正しいものとは限らぬということだ」

間市が再び歩きはじめた。

死神の仕事

一

空にかかっていた東雲（しののめ）が切れて、初春の薄明かりがぼんやり見えてきた。

夜が明ける。今日も気持ちのよい朝だ。

杉坂鍼治学問所の朝は早い。

「よーし。今日もがんばるぞ」

駿は胸いっぱいに息を吸い込むと、両手をあげて大きく伸びをした。

杉坂鍼治学問所は五代将軍徳川綱吉（つなよし）公より本所深川の当地を拝領し、杉坂検校によっておよそ百年前に開かれた。今は第十五代師範の大森富一（おおもりとみいち）検校により杉坂流の鍼灸医術を、幕府の肝煎（きもい）りにより、盲人を中心とした多くの門人に講習している。

門下生に盲人が多いのは、幕府による弱者庇護（ひご）のためだ。盲人にも暮らしの糧を得る道を支度することを狙ってのことで、今では講堂の数は全国四十五箇所にまで増え、門下生は創設以来延べ二千人をくだらない。

生まれついて目が見えない者。病や怪我で目の光を失った者。一筋の光さえ見えない者もいれば、物の色形くらいは捉えられている者もいる。

いずれにしても、盲人は生きていく術として鍼、灸、按摩、音曲師の道を選ぶ者が多かった。

その中でも鍼灸医は、漢方医（内科医）や蘭方医（外科医）と並び、医者として治療代を取って患者を手当することになる。

患者からよい評判を得られれば、暮らし向きに困ることはない。

医者になるのに、免許はいらなかった。

医術の心得の有無を幕府や藩に問われることはないからだ。医者の看板を掲げさえすれば、誰でも今日から紛うことなき医者なのだ。

もちろん多くの者が、医者の師匠についたり独学で医学書を読んだりと、多かれ少なかれ医学を学んではいたが、田舎に行けばまったくの未経験者が、平気で医者を名乗ったりすることも少なくなかった。

高い治療代を取るくせに、怪我も病もちっともよくならない。

そんな藪医者は山ほどいるのだ。

医者の看板を掲げているくせに、どんな怪我や病の患者が来ても、手遅れであるとしか言わない者がいた。怪我をしたので治療してほしいと頼まれると、いつものように手遅れであると言う。転んだだけだと患者が食ってかかると、次からは転ぶ前に来なさいと答えた。

とんだ藪医者もいたものだ。だからこそ、駿は杉坂鍼治学問所のような伝統ある学問所で、多くの同門と一緒に高い医術を学べることをありがたいと思っていた。

もっとも、駿が杉坂鍼治学問所へ入門を許され、西川間市のような高名な医者の往診の供を許されているのは、梨庵が紹介状を書いてくれたおかげだった。梨庵には心から感謝している。

梨庵も元は杉坂鍼治学問所の講師だった。間市よりも学問所での序列は上で、門人たちにも人気があったそうだ。

医者としての評判は高く、老中松平伊豆守信明の御殿医まで務めていた。だが、信明の信を裏切ることを行い、その罪により江戸所払いの咎を受けてしまった。

梨庵の江戸払いは、中追放だった。

江戸十里四方および武蔵国、山城国、摂津国、和泉国、大和国、肥前国、下野国、甲斐国、駿河国の九か国ならびに東海道筋、木曾路筋、日光道中を御構場所（立ち入り禁止）とし、さらに闕所として家屋敷は没収された。

上野国玉宮村まで流れついた梨庵が、まさか江戸で有名な学問所に勤めていた偉い医者だとも知らずに、駿は初めて会ったとき、物乞いかと疑ったほどだ。

――梨庵先生は、今頃どうしてるかな。

今は駿の生まれ育った玉宮村で、医者として村人たちを助けてくれている。きっと相も変わらず、ろくな銭も取らずに、貧しい百姓の治療をしていることだろう。

浅間山の大噴火で田畑は荒れ、夏でも綿入れを着るほどの寒さにより飢饉が何年もつづいてきた玉宮村にとって、まさに梨庵は命の恩人だった。

――ああ、梨庵先生に会いたいな。

時折、江戸での暮らしや鍼灸の修業の様子を文に書いて送っていたが、梨庵から返事がきたことは一度もなかった。

梨庵は中追放になったとき、杉坂鍼治学問所の講師の職も免じられていたので、駿に宛て文を送ることを慮っているのかもしれない。

チチチチチッ。

柔らかな鳥のさえずりが、耳朶を優しく震わせる。

駿は井戸から釣瓶を引きあげると、汲んだ水を手桶に注いだ。

両手で掬った水で顔を洗う。差すほどに冷たい水が心地好い。身が引き締まった。

部屋に戻ると、小さな文机の前に膝を折る。

同室で寝起きを共にしている同門の惣吾と新太郎と松吉の三人は、まだ掻巻にくるまっていた。

早朝の寒さをものともせず、相撲取りのような大きな体軀で腹を出して大鼾を掻いている惣吾は、浅草にある大店の古着屋の五男坊で、駿のことを実の弟のようにかわいがってくれている。

惣吾の実家の店は大いに繁盛して裕福な暮らしをしていたが、さすがに五男坊ともなると暖簾分けもままならず、嘘かまことか、親から医者か僧侶かどちらかを選べと言われて鍼灸医を選んだという。

一番奥で寝返りひとつせずに、まるで死んだように静かに寝息を立てているのが、旗本の嫡男だった川並新太郎だ。

初恋の女子への思いを捨て切れず、親の決めた許嫁と夫婦になって家を継ぐことを投げ打って鍼灸医の道を歩んでいた。病で目が見えなくなったと嘘をついたことで、実家を勘当までされたのだが、思いを寄せた咲良との恋は無事に成就した。

いずれは父の勘気も緩むだろう。それを待って夫婦になるそうだ。一本気な新太郎だが、咲良とならば、きっとよい夫婦になるだろう。

「駿は、いつも早起きだね」

新太郎の隣に寝ていた松吉が目を覚ました。

「ごめん。うるさかったよね」

「大丈夫だよ。もう、俺も起きようと思っていたところだから」

松吉は、生まれながらにして目の光を失っていた。それだけに、少しの音にも敏感だった。どうやら、駿が起こしてしまったようだ。

気立てが優しく、物静かで他人への気遣いもできる。

松吉の父親は大倉屋丸十郎という神田の札差で、武家相手にも博徒を使って情け容赦のない取り立てをする高利貸しとして、悪い風聞には事欠かなかった。丸十郎の客の中には、代々伝わる家宝や刀を差し押さえられたり、娘を吉原に売ることになったりした侍も少なくはなく、刃傷沙汰になったこともあったそうだ。

そんな訳で、松吉は幼少の頃より悪徳高利貸し丸十郎の子として、口汚い言葉を投げつけられたこともあったようだ。

それでも松吉は、己の不遇を嘆くこともなく、真っ正直に生きていた。

駿は、松吉の生き様が好きだった。

惣吾も新太郎も松吉も、駿が困っているときは己のことのように一緒に悩み、助けてくれた。駿は同部屋の仲間に、本当に恵まれていると思っていた。

「井戸まで顔を洗いに行くかい？」

駿は、床から起きあがろうとしている松吉に手を貸す。

「学問所の中だったら、そそっかしい駿より俺のほうがよっぽど躓くことなく歩けるよ」

「そうだったね」

「俺が井戸から落ちると思うかい？」

「いいや。落ちるなら、むしろ俺のほうだ」

駿は松吉と顔を見合わせて笑った。

もちろん、松吉の目はまったく見えていない。

松吉の視線は駿の声がするほうに向けられてはいたが、実のところ、わずかに逸れていた。が、そんなことは小指の先ほども気にならなかった。

「ありがとう。駿は優しいね」

「そんなことはないよ。気が利かないって、咲良さんにはいつも叱られてばかりだ」

「咲良さんは厳しい人だからね」

「うん、間違いない」

そう言って戯ける駿の声を聞いて、

「咲良さんが、どうしたって？」

新太郎がムクリと起きあがった。咲良という名を聞いただけで目が覚めたようだ。

「おはよう。新さん」

「まさか、咲良さんの悪口を言ってたんじゃないよな」

新太郎が乱れた寝間着を直しながら、姿勢を正した。

「べ、別に、咲良さんが厳しい女子だなんて言ってませんでしたよ。あっ……」

駿は慌てて両手で己の口を押さえた。

「そんなことはない」

「そうですよね」

「咲良さんは厳しいのではなく、むしろすごく怖い」

新太郎が何かを思い出したかのように、きっぱりと言った。むろん、その顔は微笑みに溢れている。

「新さんにとってはそうなんですね」

駿は、再び松吉と顔を見合わせて肩を揺らした。

その刹那、部屋の襖が開く。

「新さん。誰が怖いですって」

両手を腰に当てて、咲良が仁王立ちしていた。美しく整えられた細い眉が、きつく吊りあがっている。

壁に耳あり障子に目ありとはよく言ったものだ。

「い、いや。誰もそんなことは言ってません。空耳じゃないですか」

新太郎が凍りついていた。

「新さんが悪口を言っていたのが聞こえた気がしたけど」

「わたしが咲良さんの悪口なんて言う訳がないじゃないですか。咲良さんはかわいらしい方だと言ってたんです」

「まあ、わたしがかわいらしいのは、当たり前のことですけどね」

言い訳にしては、あまりにも苦しかった。もう、見るに堪えない。

「そ、その通りです」

新太郎が激しく首を縦に振った。

駿は笑いを堪(こら)えるのが苦しくて、先ほどから唇を噛み締め、小刻みに肩を揺らしていた。

「駿も、さっきから何を笑ってるのよ」

こちらに矛先が向く。

「笑ってなんていません」

「言ってる側(そば)から顔が笑ってるじゃない」

咲良が両手を胸の上で組んで睨んでいた。

こういうときは、触らぬ神に祟りなしである。下手に出るに限る。

「俺はこういう顔なんです」

「腑抜けた阿呆面って訳ね」

「酷いですよ」

咲良に言い返すことは、間市に対するよりも容易ではない。一言でも文句を言えば、倍どころか十倍になって返ってくる。

「そんなことより、西川先生がお呼びよ」

「えっ？」

「駿に先生の部屋まで来るようにって」

「俺だけですか」

「呼んでくるようにと言われたのは、駿だけよ。あんた、また何か仕出かしたんじゃないの」

「何もしてませんよ」

とは言うものの、思い当たる節なら山ほどあった。

間市は師匠だが、人として尊敬できるところは微塵もない。

日頃から間市の言動には納得できないことばかりで、往診の供をしていても、駿は食ってかかることが多かった。間市のほうはといえば、駿のことなど相手にしていないというか、むしろ面白がっているところさえあった。

「こんな朝早くからですか」

朝餉(あさげ)の時刻まで、まだ一刻(いっとき)（約二時間）はある。

「知らないわよ。わたしは駿を呼んでくるようにって、西川先生から言われただけなんだから」

「いったいなんの用向きだろう」

「さっさと行かないと、西川先生の機嫌が悪くなっちゃうわよ」

「そ、そうですよね」

駿は、慌てて膝を起こした。

「おはよう。何かあったのか」

惣吾が寝ぼけ眼(まなこ)をこすりながら、大口を開けて欠伸(あくび)をする。

「なんでもありません。惣吾さんは、まだ寝ててください」

駿は部屋を出た。

二

間市の部屋の前で膝を折る。

「先生。駿です。お呼びでしょうか」

部屋の中に向かって声をかけた。

「入りなさい」

聞き慣れた声が、駿を招き入れる。

襖を開けて部屋の中に入ると、間市が小振りの文机の前に座っていた。

六畳の小さな部屋だ。

間市は講師なので一人部屋を持っているが、その広さは駿たち門下生と変わらない。杉坂鍼治学問所では、広い部屋は講義のために使われていた。

畳まれた布団が衝立の向こう側に積まれている。間市が盲人だからなのか、灯り取りの行灯はおろか、手焙りさえ置いていなかった。薄暗く冷え切った部屋だ。

駿は間市の前に座る。

「三年になるな」

間市の言葉に、駿は頷いた。

月が明ければ、杉坂鍼治学問所に入門して三年になる。

杉坂鍼治学問所では、四つの段階を踏んで修業が行われていた。

初等教育は、齢十五から十八くらいまでの者に対して、鍼灸三年、按摩三年、合わせて六年の歳月をかけて基本が伝授される。

駿は入門が齢十七で他の門人より遅く、鍼灸のみを受講していたため、無事に修業を終えることができれば、三年で学問所を出ることになる。駿と同じ年である新太郎と松吉は、齢十五から六年間を学ぶことになっていた。

初等教育を終えた者は、学問所を出て開業するか、どこかの治療院に職を得るか、あるいは中等教育に進むかを選ぶことになる。

中等教育では、十年ほどをかけて、杉坂流鍼学の高い技術が伝授される。

さらに先には、目録伝授として杉坂流鍼学の極意伝授の道があり、免許皆伝によって後進への指南が認められる。田村梨庵や西川間市は、免許皆伝を許されていた。

「大森検校様のお許しをいただければ、わたしも初等の修業を終えることになります」

いくら三年の年月を経たとはいえ、修業を修了するためには、杉坂鍼治学問所の師範である大森検校の認可が必要だった。

学ぶべき学業を終えたと認められなければ、一年でも二年でも講義を受けつづけなければならない。

幕府による多額の金銭扶助がある学問所だけに、厳しさは並大抵ではなかった。

「儂は修業のことを言っているのではない」

「どういうことでしょうか」

「梨庵殿のことだ」

「梨庵先生がどうかされたんですか」

駿は、思わず身を乗り出してしまう。

「梨庵殿の所払いは、三年という年限が定められていたのだ」

「そのようなことがあるのですか」

島流しや江戸所払いに年限がつけられるなど、聞いたことがなかった。

「恩赦については知っているか」

「わかりません」

駿は玉宮村で暮らしていた頃、日ノ出塾という手習い所で、読み書きや剣術の指南を受けていた。だが、恩赦というものを教わった覚えはない。もっとも、その頃は文机に向かっていても居眠りをしていたことが多かったので、もしかしたら習っていても、駿が忘れているだけかもしれない。

「恩赦とは、上様（将軍）や主上（天皇）の慶事や凶事などに際して、罪人を許す恩恵を与えることだ」

「罪が許されるのですか」

「そうだ。御老中や町奉行などが恩赦を出すことにあたるのだが、実はこれがなんとも出鱈目なのだ」

「どういうことでしょうか」

「徳川家の菩提寺である寛永寺と増上寺には恩赦の口添えが認められている。そのために高額の寄進をした檀家が親類縁者の恩赦を頼み事とすることが多いのだ」

「それって賄（まいない）で罪を買い取るようなものじゃないですか。そんなことが許されるのですか」

「むろん、許されることではない。だが、上様や主上の慶事凶事とはかかわりなく、恩赦はいくらでも世に溢れている」

「そんな――」

　間市が文机の上に置かれていた四文銭を摘（つま）みあげ、駿に向かって差し出した。駿は膝行すると、間市の手から四文銭を受け取る。

「何かわかるか」

「四文銭です」

「そうではない」

「どこからどう見ても四文銭ですよ。他に何があるって言うんですか」

　駿は言い返した。

「おまえは三年も儂の供をしながら、少しも成長しておらぬのだな。相も変わらず、己が見たいと思うものしか見ようとせぬ。せっかく不自由のない目を持っていても、それでは本当に見るべきものを見ることはできぬ」

「だって、四文銭は四文銭じゃないですか」

　買えるのは、せいぜい団子の串が一本くらいなものだ。

「それは、この世のすべてである」

間市が、わずかに口角をあげた。

「先生が何をおっしゃりたいのか、わたしにはちっともわかりません」

「こんな小さな四文銭でも、表があれば裏もある。表ばかりの四文銭はないし、裏もこれ然りだ」

間市に言われて、駿は四文銭を手のひらの上で転がしてみる。

丸い形をしていて、四角い穴が空いている。表には「寛永通宝」の文字が上下左右の順に刻印されていた。裏には波の絵柄が刻まれている。この波の絵があるのが四文銭で、何もなくて一まわり小さいのが一文銭だ。

「世のすべてのことには、表と裏があるってことですか」

「梨庵殿が江戸所払いとなったとき、三年の後に恩赦を与えることが、あわせて申しくだされたのだ」

「誰がそんなことを……」

「御老中松平伊豆守様だ」

これには驚かずにはいられなかった。

「だって、梨庵先生は伊豆守様の……」

梨庵が江戸所払いとなったのは、老中松平伊豆守信明の側室と許されぬ仲となり、罪に耐えきれなくなった相手が、井戸に身を投げてしまったことの罪を咎められてのことだと聞いていた。

「そうだ。首を刎ねられずに中追放で済んだのは、まさに伊豆守様のご厚情によるものだ。まあ、この咎がまことのことであるならばだが」

間市が言葉に含みを持たせる。

「梨庵先生に罪はないかもしれないということですか」

駿は身を乗り出した。

梨庵が江戸所払いになった訳については、誰に訊いても詳しいことはわからなかった。駿は、ずっとやり場のない思いを抱いてきたのだ。

「そんなことは知らん」

「知らんって……」

間市に素っ気なく突き放されて、駿は肩を落とした。

「本当のところ何があったのか、伊豆守様と梨庵殿しかわからないことだ。だが、兎に も角にも恩赦は決められていたのだ」

「梨庵先生は江戸に戻れるのですね」

「うむ。すでに三年は過ぎておるからな」

「そうなんですね」

間市が軽く握った拳を口元に当て、小さく空咳をする。

「うぉっほんっ。それで、どうするつもりだ」

「どうするって……」

「おまえは元々は梨庵殿の弟子だろう。無事にここでの修業を終えたら、江戸で一緒に治療院を開くつもりでないのか」

駿が鍼灸医を志したのは、梨庵に出会ったことがきっかけだった。梨庵と一緒に鍼灸の治療院を営むことができれば、こんなに嬉しいことはない。

だが、これから先のことなど、梨庵と話をしたことはなかった。それに梨庵の江戸所払いが解けるなど、駿は考えてもいなかった。

「それとも田舎に帰って百姓に戻るか」

「そんなつもりはありません。わたしは江戸一番の医者になって、一人でも多くの困っている人を助けたいと思っています」

「ならば、梨庵殿と一緒に治療院を開くのがもっとも近道なのではないか。江戸には梨庵殿のような腕のよい医者を求めている患者がいくらでもいるぞ」

「それはそうですけど、西川先生はわたしが梨庵先生のもとで修業することを、快く思ってないんですよね」

「当たり前だ。儂はあの男が大嫌いだからな。人としても医者としても、することなすこと、すべてが鼻につく。この世で一番嫌いだ」

いい年をした大人の言葉とは思えない。まるで子供の喧嘩だ。

「じゃあ、どうして……」

「おまえのような愚かで馬鹿な奴の面倒を見るのは、もううんざりなのだ。儂も三年もの間、よくぞ馬鹿の相手を我慢したものだ。もう、いい加減に梨庵殿に突っ返したい」

酷い言われようだ。

「わたしだって、どれだけ我慢してきたことか」

「だったら、さっさと梨庵殿を迎えに行ったらどうだ」

「わたしだって、そうしたいですけど……」

駿は幼少の頃に父を流行病(はやりやまい)で亡くしていた。母は十歳のときに浅間山の噴火の犠牲になっていた。

天涯孤独になった駿は、幼馴染みの涼の両親に引き取られて育てられた。その涼もすでに亡くなっている。

江戸に出てくるだけでも、涼の両親には大変な負担をかけてしまっていた。

梨庵も所払いになったときに家財を没収され、今は玉宮村の日ノ出塾に居候の身で診療にあたっていた。

梨庵とともに江戸で治療院を開くとなれば、かなりの額の金を支度しなければならない。

「先立つものがないか」

「そうです」

悔しいが間市の言う通りだ。

「おまえは三年の間、儂の往診の供をしたな。それを奉公だとみれば、二十両にはなるだろう」

「二十両ですか！」

思わず大きな声をあげてしまう。

いったい、どういう風の吹きまわしだろうか。

杉坂鍼治学問所は幕府からの金銭扶助があるので、門人の指南代はたいしてかからなかった。間市の往診を手伝うことで、三食と家賃の支払いも免除されていた。

さらには間市から往診の供の駄賃として、節季ごとにわずかばかりの金子をもらっていた。この上、さらに二十両もの大金を受け取れるなんて、考えてもみなかったことだ。

「あくまでも奉公だとみればという話だ。むしろ鍼灸医としての心得から医術まで教えてやったのだから、儂のほうが講義代として金をもらいたいくらいだ」

「なんだ。やっぱりそんなことか」

それはそうだろう。相手は間市だ。とんだ糠喜びだった。

「何か言ったか」

「いえ。何も」

胸の内の言葉が、うっかり漏れていた。

「ひとつ、おまえにやってもらいたい仕事がある」

間市の声音が変わる。いつになく、優しげに聞こえるのが気味悪い。

「仕事ですか」

「うまいこと、やり遂げたら、二十両をやるぞ」

「本当ですか」

「儂が嘘を言ったことがあるか」

――数え切れないほどある。

口から出掛かったが、慌てて飲み込んだ。間市を信じることはできないが、二十両という言葉の響きに気持ちが揺れた。

「ありません」

「で、あろう」

間市が満足そうに頷く。

「それで、わたしはどんな仕事をすればよいのでしょうか」

「向嶋(むこうじま)(向島)に志友堂(しゆうどう)という鍼灸の治療院がある。そこへ行って、様子を見てきてもらいたいのだ」

「向嶋でしたら、ここから目と鼻の先じゃないですか」

いくら間市が目が不自由とはいえ、向嶋なら杖をついて行けないことはない。間市なら辻駕籠を頼むことだってできるはずだ。

「志友堂は患者が多くて人手が不足していると聞く。できれば、少しばかり手伝ってきてもらいたい」

「わたしでよろしいのでしょうか」

駿は初等教育を終えていない。世の見立てはともかく、杉坂鍼治学問所では見習いの身分である。

「なあに、ろくに医学書さえ読まずに医者を名乗っている輩は、世の中にはいくらでもいる。杉坂鍼治学問所で三年も修業をしたのだ。案ずることはない。それにおまえは、儂の往診をずっと傍で見てきたではないか」

「少しって、どのくらいですか」

「まあ、そうだな。なんと言うか。少しと言えば、少しだな」

「二刻（約四時間）くらいでしょうか」

間市にしては、いつになく歯切れが悪かった。

「もう少しだな」

「では、三刻（約六時間）ですか」

「一月くらいかな」

「えっ？」

「おまえにとってもよい学びとなるはずだ」

どうにも間市の様子がおかしい。日頃の間市を知っているだけに、何もかもが腑に落ちなかった。

「でも、学問所の講義はどうするんですか」

「大森師範の許しはもらってある。志友堂での診療は、杉坂鍼治学問所の初等教育の講義に値するものとなる」

「講義を休んでいいってことですか」

　事の運びについていけない。

「休むのではない。志友堂で患者を治療することを、初等教育の最後の講義とすると言っておるのだ。江戸だか上州だか知らぬが、どうせいずれはどこかで治療院を開くつもりなのであろう。何事も習うより慣れろだ。諸事、やってみろ」

「それはたしかにそうかもしれませんが……」

「志友堂を一月の間、手伝ってくれれば、杉坂鍼治学問所の初等教育は修了としてやる。さらに儂から、給金として二十両を、いや、少し色をつけて二十五両をやろう」

「二十五両ですか！」

驚きすぎて、声が裏返ってしまった。

「それならば文句はあるまい」

文句がない、どころではない。こんなにうまい話はない。が、よくよく考えれば、怪しいこと、この上なかった。

間市は、治療代が払えない者は患者ではない、と言い切るような医者だ。銭金への執着は尋常でない。それが二十五両もの大金を、一月の仕事で払ってくれるというのだ。話がうますぎて信じられない。

「どうして治療院を一月手伝っただけで、二十五両もいただけるんですか」

「二十五両では不服と申すか」

「そうではありません」

駿は首を左右に振った。

間市に見えているかはわからない。おそらくは見えていないだろう。それでも己の意思ははっきりと示しておきたい。

「だったら、なんだと言うのだ」

「二十五両は大金です」

「おまえにとっては大金だろうが、儂にとっては強ち(あなが)そうとも言えぬ。むろん、気兼ねなく使える額ではないことに違いはないが、だからといって、使うことを惜しむほどでもない」

「先生にとってはそうなのでしょう」

「それがわかるのであれば、黙って儂の言いつけの通りにして、金を受け取ればよいではないか」

「そういう訳にはいきません」

「何故だ」

間市が苛立ちを声に滲ませる。

「わたしは百姓の生まれです。大地に鍬を打って田畑を耕します」

「何が言いたいのだ」

「暑い日も寒い日も、雨が降ろうが風が吹こうが、手のひらに肉刺ができ、やがて破けて血が噴き出しても、それでも鍬を振りあげ、土を打ちつづけるんです。そうやって大地と向き合うからこそ、美味い米や野菜が穫れるんです」

「それが百姓というものなのだろう」

間市の言葉は素っ気ない。

「だから……」

そこで駿は、深く息を吸い込んだ。

「……汗を流さずして、金なんかもらいたくないです」

間市を力強く睨みつける。間市に伝わっているだろうか。

「おまえは医者になるのだろう。医者は大地に鍬を打たぬ。汗を流している訳ではないぞ」

「医者は患者を助けます」

「だから、なんだというのだ」

「母ちゃんと約束したんです。困っている人がいたら、助けてあげる。そういう大人になるって」

駿は一言ひとこと、思いを込めて言った。

「ほほう。面白いことを言うな」

「そして、涼とも約束しました。自分らしく生きるって」

「儂の頼む仕事が、人助けにならぬと何故そう思うのだ？」

「先生の言いつけ通りにすれば、困っている人を助けてあげることになるのですか」

「何度言ったらわかるのだ。おまえはいつも目の前にあるものから、みずから目をそらしてしまう。まことを見極めたいと思うなら、己の目でたしかめることだ」

それだけ言うと、もう用は済んだとばかりに、手を振って追い払われる。

駿は固く握った拳を見つめながら、間市の部屋から辞去した。

三

杉坂鍼治学問所のある深川から、大川(おおかわ)(隅田川(すみだがわ))を左手に見ながら、いくつかの小さな橋を渡っていくと、すぐに向嶋に着いた。

本所深川と同様に、向嶋も江戸湾の埋め立てによって作られた地で、江戸へ出てきた町民が多く移り住んだ下町だ。

浅草から見て大川の向こう側にあるので、向嶋と呼ばれるようになった。

田畑が目立ち、所々に寺社が散在している。江戸一番といわれる浅草の賑わいと比べれば、河畔ののどかな風情が広がる静かな町並みだった。

「すみません。このあたりに志友堂という治療院はありませんか」

前から歩いてきた四十絡みの男に、駿は声をかけた。

藍染めの木綿の小袖を着流し、羽織の隙間からは、帯に挟んだ腰差しの煙草入れ(たばこいれ)が見え隠れしている。いかにも商家の番頭といったところだ。

「どこだって?」

男が訊き返してくる。

「志友堂です。たしか、このあたりにあるはずなんですが……」

「おまえさん、まだ若いのに、あんなところになんの用向きがあるんだい」

男が訝しげな視線を送ってきた。表情は心なしか強張っている。

「志友堂って、鍼灸の治療院じゃないんですか」

「まあ、たしかに治療院には違いないが……」

男が口籠もる。

「どういうことでしょうか」

「知らないのか」

「なんのことですか」

「あそこの先生は、死神って呼ばれてるんだ」

「死神って、あの死神ですか」

「死神にあれもこれもないだろう」

医者は病や怪我を負った患者を助けることが仕事だ。人の命を奪う死神など、嘲弄としてもあんまりだ。

「藪医者だってことでしょうか」

これからのことを案じて駿が問いかけると、男は少し首を傾け、曖昧に作り笑いを浮かべた。

「そういうことではないんだが。まあ、行けばわかるだろう。三つ目の辻を曲がった先に看板が見えてくるから」

「はあ。ありがとうございます」

駿は男に向かって頭をさげる。

顔をあげると、すでに男は後ろ姿になっていた。


「ごめんください」

駿は志友堂と書かれた看板がかかった門をくぐると、屋敷の中に向かって大声で訪いを入れる。

志友堂は農家を改築して治療院にしたのか、小振りな一軒家に彼方此方と手が加えられていた。思っていたよりも、ずいぶんと大きい。

中に入る。屋敷は古くて粗末なものだが、入口の土間の奥につづく板敷きの小部屋は、上がり框も含めて、覗き込めば顔が映るのではないかと思うほどに磨きあげられていた。

板間だけではない。入口の板戸も窓の格子も土間の水瓶や竈も、目につくところのすべてに、とても丁寧な掃除が行き届いていた。

「はーい。どうしましたか」

明るくて生彩に溢れた女の声が返ってくる。

出てきたのは、年の頃は二十七、八というところか。弾けるような笑顔を見ていると、もう少し若いのかもしれない。小豆色の紬に藍染めの袴を合わせ、頭には白地の手拭いを姐さん被りにしていた。

治療院を手伝っている女中だろうか。それともお弟子さんだろうか。よく動く黒目勝ちの目が愛くるしかった。

――白百合みたいな人だな。

駿は女の顔にしばし見蕩れてしまった。

「わたしの顔に何かついていますか」

「す、すみません」

駿は慌てて不躾を詫びる。

「気にしないでください。こういうことには、慣れていますから」

やれやれといった様子で、女子が口元を緩めた。

「あのー、先生はいらっしゃいますか」

「はい」

「ですから、志友堂の先生にお目に掛かりたいのですが」

「わたしが、そうですが」

「えっ。あなたが死神――」

慌てて口元を両手で押さえたが、後の祭りだった。

「気にしないでください。そういうことにも、慣れていますから」

先ほどと変わらぬ口調で言うと、やれやれといった感じで相好を崩す。

「すみません」

駿は、深々と頭をさげた。

「志友堂の志穂と申します」

「志穂先生ですね。わたしは杉坂鍼治学問所の門下生で、駿と言います」

駿は挨拶をする。が、途端に志穂の表情が強張ってしまった。

「杉坂鍼治学問所の方が、なんの御用でしょうか」

先ほどまでの柔らかな声が、まるで凍りついたように冷たいものに変わっている。

何がどうしたのか、皆目見当がつかない。

「志友堂は患者が多くて困っていらっしゃるとのことで、お手伝いをしてくるようにと言いつかりました」

「わたしは何も聞いていませんし、そもそも杉坂鍼治学問所にそのような頼み事はしていません」

志穂が冷たく言い放つ。

「でも、こちらで人手が足りないって聞いてきたんです」

「それは猫の手だって借りたいくらいに仕事はたくさんありますけど」

「やっぱり、そうなんですね」

「ここはわたしとお手伝いの方の二人でやっています。人手が足りないのはたしかですが、お医者様をもう一人雇うようなお金はありませんよ」

「わたしの給金のことでしたら、ご心配には及びません」

「どういうことでしょうか」

「わたしの師匠から、いただくことになっていますから」

　その言葉に、志穂がさらに表情を強張らせた。

「それは、いったいどなたがおっしゃられたんですか」

「西川間市先生です。わたしは西川先生の弟子です。と言っても、往診のお供をさせてもらっているだけですけど」

「駿さんは、あの人の弟子なんですか。それはご苦労なさっているんですね」

　志穂が同情の言葉を口にした。が、警戒している様子は変わらない。

「苦労なんて生易しいものじゃないですよ。西川先生は医者というより、鬼ですね」

「はあ……、鬼ですか」

「そうなんですよ。いくら偉い先生だからって、医者のくせに、治療代を払わない奴は患者じゃないって、平気な顔をして言うんですから。まいっちゃいますよ」

「それで、鬼ですか」

「お酒ばっかり飲んで、いつも赤い顔をしているから、赤鬼です」

「まあ」

　これには志穂も、プッと小さく吹き出した。

「いつだったか、青物問屋の旦那さんの腰痛を治療したことがあったんですけど、ずっとお店を休んでいて治療代が払えそうもなくなったら、西川先生は治療をやめるって言い出したんですよ」

「それで本当に治療をやめたんですか」

「さすがにそこまでは……。わたしが青物問屋で働いて銭を稼ぎますって言ったら、治療代をしばらく待ってくれることになりました」

「結局のところ、治療はつづけたってことですね」

「それはそうですけど……」

「で、どうなりましたか」

　志穂に問われて、駿は喜八屋（きはちや）で働いたときのことに思いをめぐらした。

「青物がなかなか売れなくて困っていたんですけど、西川先生が、織田信長（おだのぶなが）が大事にしていたという有名な茶器をくれて――」

「九十九髪茄子（つくもなす）ね」

「そう。それです。でも、偽物だったんですよ。浅草の古道具屋で十文で買ったって言ってましたから。酷い話でしょう」

あのときのことを思い出しただけで腹が立ってくる。

「だけど、何かを言われたんじゃないんですか」

志穂が上目遣いで駿に眼差しを向けた。

「えっ。それはまあ……」

「なんて言ってましたか」

志穂に問われて、駿は青物問屋喜八屋での一件を改めて思い起こす。

「物の値打ちとは、それを求める人の思いが決めるものだって」

「教えてくれたんですね」

「まあ、そうです。それが役に立って、十三里焼き芋を売ることを思いつきました」

「十三里焼き芋って、駿さんが思いついたんですか。わたしも買って食べましたよ。とっても甘くてホクホクで、本当に美味しくて何度も買いにいっちゃいました」

今度ははっきりと志穂の顔に笑みが戻った。気がつけば、言葉遣いも親しげなものになっている。

「買ってくれたんですね。うれしいです」

「だけど、それって治療をやめるどころか、助けてもらったことになりますね」

「まあ、そう言えなくもないですけど」

渋々ながら、認めざるを得ない。

「あの人って、そういうところがあるの。すごく面倒なんだけど、ああ見えて、それほど悪い人ではないんですよ」

「西川先生のこと、お詳しいんですか」

志穂の言い方が気になる。駿は、湧きあがった疑問を口にした。

「まあね。わたしも九十九髪茄子をもらったことがあります。もちろん、偽物でしたけど」

志穂が目元を緩めて頬を揺らす。

駿は、また腹が立ってきた。

「西川先生は昔からそんなことをやっていたんですね」

「さあ、どうかしら。わたしが知る限りでは、九十九髪茄子をもらえたのは、わたしと駿さんの二人だけだと思いますけど」

「西川先生とは昔からのお知り合いなんですか」

「まあ、そうなりますね……」

そこで志穂は一呼吸を置くと、

「……だって、父親ですから」

悪戯（いたずら）を見つかった童のように白い歯を見せた。

「えっ？　なんですって……」

駿はあまりの驚きに、口から心の臓が飛び出しそうになる。

「わたしは西川間市の娘です」

志穂が肩を竦（すく）めるようにして、ゆっくりと深く息を吐いた。

「だって西川先生は、そんなこと、おっしゃってませんでしたよ」

「そうでしょうね。もう三年以上も会っていませんから。さすがに言いづらかったんでしょう」

間市に娘がいたなんて、まったくの初耳だった。

「だって、まったく似てないですよ。志穂先生はとってもお綺麗（きれい）だし……。あっ、失礼しました」

あまりに驚いてしまい、駿はまたもや無礼な言葉を口にしてしまう。

「どうも、ありがとうございます。わたしは母親似だそうです」

志穂が苦笑しながら、受け流してくれた。

「本当に西川先生とは三年も会ってないんですか」

「そうなりますね」

「だって、親子なんですよね。深川と向嶋なんて、目と鼻の先じゃないですか」

見たところ、志穂は目を患っている様子はなかった。

「わたしが杉坂鍼治学問所を出て、志友堂を開いてから、父とは一度も会っていませ
ん」

「どうしてなんですか」

「どうしてって……、なんと言うか、医者として患者への向き合い方が違ったってところでしょうか。駿さんなら、よくわかるんじゃないですか」

志穂の漆黒の瞳が揺れる。見ていると、吸い込まれそうになった。

父と娘の間に、何か深い溝を作るような出来事があったに違いない。

「でも、親子じゃないですか」

それでも駿は、自分の思いを口にした。

「駿さんだって、さっきは父の悪口を散々言ってましたよ」

「悪口なんて言ってません」

「鬼だと。それもお酒ばかり飲んでいるから、赤鬼だって言ってました」

志穂が茶化すように横目で睨んでくる。

「わたしはいいんです。弟子の一人に過ぎないんですから。志穂さんは親子じゃないですか」

「親子だって、いろいろあるんです」

志穂が目を伏せた。

「わたしは、父ちゃんのことを覚えていないんです。わたしが物心つく前に、流行病で亡くなったんです」

「そうだったんですね」

「だけど、わたしの父ちゃんは、日の本一の父ちゃんだったって、いつも母ちゃんが言ってました。母ちゃんの自慢の父ちゃんだって」

「お母様にとって、大事な方だったのね」

志穂が目を細める。駿は大きく頷いた。

「父ちゃんは、貧しい百姓でした。自分や家族が食べるだけでも精一杯の暮らしだったけど、それでも困っている人がいると放っておけなくて、わざわざ出掛けていって、その人のために自分にできることをしたそうです」

「優しい人だったんですね」

駿は大きく頷く。

「母ちゃんに言ったことがあるんです。父ちゃんのしていることは、お節介なんじゃないかって。そうしたら母ちゃんは、お節介というのは己に得があると思って何かをする人のことだって、すごく怒りました。親切に見えて、実は相手のことなんか、少しも思っちゃいなくて、あるのは己のことばかりなんだって」

「お母様が、そんなことを」

「だけど、仕方がないとも言っていました。誰だって、自分が生きるだけで精一杯なんだからって。父ちゃんは、いつだって自分のことより、苦しんでいたり、困っていたりする人のことを思っている人だったそうです」

「思っていても、できることではないですね」

「父ちゃんのことは何も覚えていないんですけど、それでも自慢の父ちゃんだって思ってます。だから、母ちゃんに約束したんです。父ちゃんのような大人になるって」

「お母様は今は？」

「浅間焼けのときに、飛んできた岩の下敷きになって……」

だが、駿は俯くことはしない。まっすぐに前を見つめたままだ。

「お母様まで……」

「父ちゃんと母ちゃんには、もう会うことはできません。だけど、わたしは父ちゃんと母ちゃんのことを忘れたことは、一度だってありません」

駿は胸を張った。

「なんで父が駿さんを寄越したのか、少しだけわかってきました」

志穂が柔らかに目元を緩める。

「西川先生が、わたしにここへ来るように言った訳ですか」

志穂が深く頷いた。

「どうぞ、あがってください」

促されて、駿は草履を脱いだ。

土間から続く板間の奥には、さらに広い畳敷きの部屋が広がっている。

「これは……」

そこには敷かれた床についている患者と思われる男が七人と、その世話をしている老女が一人いた。

「志友堂の患者さんたちとお手伝いに来ていただいているお富久さんです」

患者の七人は、誰も齢六十を超えているように見える。いや、手足や首が枯れ枝かと見紛うほど、骨と皮ばかりに痩せ衰えているために、年老いて見えているだけかもしれない。

駿はこの三年ほどで、間市の往診の供をしたり、杉坂鍼治学問所に併設された治療院の手伝いをしたりして、たくさんの患者を診てきた。

その中には治療の甲斐無く、寿命が尽きてしまった患者も少なくない。死期が近い患者がどのような容体になるか、今の駿ならばよくわかる。

「この方たちは……」

駿は目で尋ねる。

「もう長くはない人ばかりです。この奥にも部屋がありますが、どの患者も容体は同じようなものです」

　志穂が何をはばかることなく、はっきりと声に出して答えた。

「そんな……」

「いいんですか」と言いかける。そこにいる七人の患者が、もう長くはないことくらい、一目見て駿にもわかる。

　だからこそ、死期の近い患者本人の前で、医者である志穂がそのことを口にしたことに驚きを禁じ得なかった。

　杉坂鍼治学問所では、たとえ手を尽くしても本復の見込みがないとわかっていても、そのことを本人に伝えることはない。命の灯火（ともしび）が消えるまで、患者には病と闘ってもらわねばならないからだ。

　生きることを諦めた患者の病は、医者の手に負えないほど早く進むことが多い。患者本人の心の持ちようで、治療の行方はどうにでも変わってくるのだ。

「わたしのところへ来る患者さんは、すでに医者から治る見込みがないと匙（さじ）を投げられた方ばかりです。名のある漢方医や評判のよい蘭方医を彼方此方まわったり、医者のほうからたらい回しにされたりして、もう為（な）す術（すべ）を失って、最後の最後にここへ辿り着くんです。もう、ご自分の死期はわかった上で、入院されています」

　そう言われて、駿は改めて床にいる患者たちに目をやった。

目を閉じて、静かに寝息を立てている者。上半身を起こし、書物を読んでいる者。お手伝いさんから、茶碗の水を飲ませてもらっている者。突然の来客である駿に向かって、会釈をしてくる者もいる。

駿も戸惑いながら、会釈を返した。

「ここは治療院なんですよね。西川先生からは、そう聞いてきました」

患者たちに視線をめぐらせながら、駿は志穂に尋ねる。

「わたしが死神だと思いますか」

志穂に言われて、

「い、いや、それは……」

駿は言葉に詰まった。

「わたしのことを死神って、おかしな噂をしている人たちがいるみたいですね」

「ここへ来る途中で、通りすがりの人に道を尋ねたんです。その人が、志穂先生は死神って言われてるって……」

「ふふふふっ。こんな美人を捕まえて死神なんて、本当に失礼しちゃうわ」

志穂は小さく頰を膨らませて、顔をしかめてみせる。

「わたしもそう思います」

「あら、やだ。軽口を言っただけですよ。真に受けないでくださいね」

「そんなことはないです。本当にそう思います」

駿は真面目に思ったことを口にしただけなのだが、志穂は少し照れたように、右手のひらで口元を覆った。

「医者はお金を取って患者の治療をしますよね。患者の病が治らなければ、藪医者だと噂が立ちます。そうなれば、だんだん治療を願い出る患者は減っていきます。治療した患者が亡くなれば、遺族から恨まれるかもしれないし、奉行所に訴えられることだってあるかもしれない」

「そんなこと言ったって、医者は神でも仏でもないんですから、治る病なら治るし、治らない病なら治らないじゃないですか。そんなのは逆恨みですよ」

駿は志穂に食ってかかる。

「それ、父がよく言ってました」

「あっ」

不覚だった。間市の口癖を、気がつかないうちに口走っていた。

「でも、神でも仏でもない人間だからこそ、医者だって治る見込みのない患者の面倒なんてみたくないでしょう」

「それじゃあ、死を待つしかない重い病の患者は行き場がなくなっちゃうじゃないですか」

「そうですね」

志穂が優しげに相好を崩す。

「だから、志穂先生は死期の近い患者ばかりを受け入れているんですね」

「どこの医者にも断られた患者さんたちに入院してもらって、わたしの鍼と灸で、死への痛みや苦しみを少しでも和らげてあげたいと思っています。もう、病と闘わなくてもいいんです。志友堂は病を治すのではなく、死ぬまでの痛みや苦しみを取り除いてあげる治療院なんです」

「死の苦しみを治療しているんですか」

「でも、江戸の町は広いようで狭いのです。ここへ来た患者は、みんな死んでいく。元気になって出ていける人はいません。いつしか、わたしは死神なんて呼ばれるようになっちゃいました。まあ、仕方ないですよね。よく知らない人からすれば、ここは冥土への玄関口みたいに思えるんでしょうから」

そう言って、志穂が悲しげに眉根をさげた。

「志穂さんは、死神なんかじゃありません。観音菩薩様です。だって、本当に困っている人たちを助けてくれるんだから」

駿は本気でそう思った。

「まあ、観音菩薩ですか。そんなことを言われたのは初めてです」

「だって、そうじゃないですか」

駿の言葉に、志穂が少し照れたように目を細めながら、顔の前で右手を左右に振った。

「本当にお給金はお支払いできませんよ。うちは患者さんから、わずかな治療代しかいただいていませんから」

「はい。もちろんです」

「駿さんは、どのくらい手伝ってくれるのかしら」

「西川先生からは一月と言われています。でも、志穂先生がわたしを入り用だと思われるなら、もっとお手伝いさせていただきます」

「わかりました。正直に言えば、とても助かります」

それから志穂は、

「お富久さん。ちょっといいですか」

お手伝いの女中に声をかけた。

志穂に呼ばれた富久が立ちあがると、こちらに向かって歩いてくる。

「こちらの方は駿さんです。杉坂鍼治学問所から手伝いに来てくれました。一月の間、一緒にやっていくことになりますから、いろいろ教えてあげてくださいね」

「駿さんはお若いですが、お医者様ですか」

富久が胡散(うさん)臭そうに駿を見た。

齢七十を超えているだろうか。腰はかなり曲がっている。手足も骨や筋が浮くほど細い。皺だらけの顔に、埋もれそうなほどの切れ長の目が、睨むように駿に向けられた。女中だと聞かされていなければ、病人と見紛うほどだ。

「まだ鍼灸医の修業の身ですが、少しでもお役に立てるように精一杯務めさせていただきます」

「あたしゃ、病人じゃないからね」

「そ、そんなこと思ってませんよ」

本当は思っている。

「ここじゃ、志穂先生よりあたしのほうが元気なくらいだ。もっとも、男手はいくらあっても無駄にはならないからね。あんた、まさか鍼より重いものは持てないなんてことはないだろうね」

「はい。江戸に出てくるまでは百姓をしていましたから、力仕事は得意です」

「よし、気に入った。まずは薪を割ってもらおうか。裏庭に案内するから、ついておいで」

言うや否や、腕を摑まれ、そのまま引き摺られるように勝手に連れていかれた。振り返ると、志穂が笑みを浮かべていた。

四

駿は明け六つ（午前六時頃）の鐘が鳴る頃には、志友堂に出勤した。

入院している患者は二十人ほどで、三つの部屋で寝起きしている。男は老人と若者が二部屋に分かれ、もう一部屋は女だけが使っていた。

志穂や富久と手分けをして、支度した朝餉を食べさせていく。膳に置かれる食事は、患者によって一様ではない。

白米と味噌汁に菜漬といった一汁一菜が主だが、夜には焼いた魚が半身ばかりつく。患者によっては白米が粥になったり重湯（粥の上澄み）になったりすることもあるが、思っていたよりも誰もが食欲は旺盛で、食べっぷりには駿のほうが驚かされるほどだった。三度の食事の他に、お八つには団子や饅頭を食べる者さえいるほどだ。

死を待つばかりの患者たちについて思っていたのとは、だいぶ様子が違っていて当惑することばかりだった。

患者たちの朝餉の後、駿たち三人は交代で食事を取った。

それが終わると、容体の重い患者から順に鍼灸の治療を施していく。すべての患者を診終える頃には、昼餉の刻となる。

昼餉が済むと、治療院を開いて患者を迎え入れる。

腰痛、肩こり、手足の痺れ、発熱、目の疲れ、骨折れ、打ち身、女子の血の道、産後の肥立ち、便の硬軟、食欲や性欲の減少など、ありとあらゆる病が持ち込まれる。

志穂の優しい人柄がそうさせるのだろう。鍼灸の治療に来ているのか、悩み事を聞いてもらいたくて来ているのか、目当てが怪しい者も多かった。

孫の嫁に来てほしいと泣き出す老婆もいれば、亡き妻の代わりに後妻に入ってくれないかと本気で口説きつづけるような不惑にして惑いっぱなしの男もいた。

志穂はどんな患者であろうと嫌な顔ひとつせず、鍼や灸の合間に親身になって話を聞いてやる。ときには共に笑い、ときには共に涙する。それでいて、わずかな治療代しか受け取ることはなかった。

事情をよく知らぬ人たちからは、死神などと気味悪がられていることを駿は案じていたのだが、志穂のことを慕っている患者たちで、志友堂は門前に列ができるほど繁盛していた。

——なんだ。やっぱり観音菩薩様じゃないか。

ここで得た治療代が、入院して死を待つばかりの患者たちのために使われるのだろう。

手伝うようになって、そのことが駿にもわかってきた。

「政五郎さん。お加減はいかがですか」

裏庭の広縁で、ぼんやりと空を見上げていた政五郎に、駿は背後から声をかけた。

「これは若先生。お陰様で、すこぶる調子はいいです」

政五郎は大工の棟梁だったそうだ。

火事の多い江戸の町では、大工は花形の生業のひとつだ。腕のよい職人は、けっして食うに困ることはない。ましてや棟梁として人を使うようになれば、羽振りのよい暮しをしている者も少なくはなかった。

政五郎も深川漁師町の木置場の近くに屋敷を持ち、若い職人を幾人も抱える大工の棟梁だった。

職人の常で飲む打つ買うには滅法目がない。とくに酒は浴びるほど飲んでいたのだが、一年ほど前に大量に血を吐いたことで、泣く泣く鑿を置くことになってしまった。

腹に、握り拳より大きな痼りができていた。近頃では腹に水も溜まりはじめている。

掛かり付けの漢方医に見放されて、志友堂にやってきたのが一月前のことだ。

「寒くはありませんか」

駿は声をかけた。

政五郎が、じっと一点を見つめている。

「若先生。あれはどういうことなんでしょうかね」

「何がですか」

「てめえで言うのもなんですが、あっしはそれなりに名の知れた大工なんで、お武家様や大店の商家など、広い屋敷の普請を請け負うこともけっこうありましてね。どういう訳かどこの屋敷でも、裏庭の厠(かわや)の傍には南天(なんてん)が植えられていたんでさ」

政五郎がそう言って指差した先には、まさしく南天が赤い実をつけていた。

「ああ、南天ですか」

「今までは大工仕事の息抜きに一服しているときに見つけても、まったく気にもしなかったんですが、ここへ来てからは、なんだか目について仕方ないんです」

「南天の実はコロリの治療薬になるみたいですね」

「コロリってあの恐ろしい流行病ですか」

「ええ。南天の実と梅干を煎じるとコロリに効くようです。他にも咳止めや強壮に用いたりしますが、一番知られているのが卒中風ですね」

「あの恐ろしい卒中風ですか」

「そうです。卒中風は冬の寒さが厳しい頃に起こることが多いんですよ。夜中に厠に用を足しに行ったとき、急な頭痛や吐き気を催したら危ないんです。すぐに南天の実を口に含んで嚙み砕くことで、命を取り留めることができるそうです」

生薬は漢方医の領分だが、駿もこれくらいのことは杉坂鍼治学問所の講義で習っていた。

「へえ、うまくできたもんですな。寒くなると実をつける南天を、厠の傍に植えておけば、いざというときに役に立つということなんですね。どうりで、どこのお屋敷でも裏庭に南天を植えている訳だ」

政五郎がいたく感心したように、何度も頷いている。

「本当にそうですね」

政五郎が、しばし南天の実を見つめながら、じっと考えていた。やがて、ポツリと言葉を口にする。

「人なんてぇものは、いつ何があるかわからねえ。だから、傍に備えがあることが大事なんですね」

「そうかもしれません」

駿は自分が着ていた羽織を脱ぐと、政五郎の背中にそっと掛けてやった。

「若先生。あっしはこんな躰になっちまうまで、大工の棟梁として三十人を超す職人を抱えていました」

「すごいですね」

「なあに、別に偉くも何もありませんよ。火事と喧嘩は江戸の華っていうくらいだ。江戸は火事が多いんです。ひとたび火事が起これば、大工普請の入り用になる。他人様の不幸で儲けたって、自慢できるものじゃありません。それでもね。お天道様は見ているって信じて、いつだって真面目一本で仕事に精を出してまいりました」

「大工は江戸の職人仕事で、一番人気だと聞いたことがあります」

駿の言葉に、政五郎は満更でもないようで、零れ落ちんばかりに笑みを浮かべた。

「もう、二十年も前になるんですが、大火事の後始末をしていて、焼け跡で一人の子供を見つけたんです。聞けば五つになったばかりで、どうやら火事で親に死なれて天涯孤独の身になったらしい。大工の仕事は家屋敷を建て直すことです。孤児の世話ならお役人か坊主に任せておけばいい。いつもなら放っておくんですが、そのときだけは何を思ったか、連れて帰っちまった。かかあにはえらく叱られましたが、その子は弟子として面倒を見ることにして、現場の掃除や片付けなんかを手伝わせるようになりました。信吉といいます。馬鹿がつくってくらい真面目に働く子で、すぐに腕のよい大工に育ちました。あっしの自慢の弟子でした」

「政五郎さんの恩に報いようと、必死だったんじゃないですか」

駿の言葉に、さらに政五郎の双眸が和む。

「信吉は大工としての腕だけじゃなく、人としても申し分なかった。真面目が着物を着て歩いているような男なんです。職人仲間に誘われても、飲む打つ買うをひとつもやりゃあしない。坊主だって酒を飲む御時世に、こっちが心配になるくらい仕事一筋の男だった。だから、あっしも信吉をかわいがって、弟子の中でも殊更に目を掛けてやりました。信吉はますますいい大工になっていきました」

「よかったですね」

だが、政五郎は肩を落とすと、首を左右に振った。

「そうじゃないんです」

「何かあったんですか」

「あっしには年頃の娘がいるんです。三津(みつ)といって、目の中に入れても痛くねえってほどのかわいい一人娘です。ちょうど一年前に、信吉が三津を嫁にくれと言ってきました。聞けば、二人はすでにいい仲になっているっていうじゃないですか。飼い犬に手を噛まれるとはこのことだ。いえね。あっしだって信吉はかわいい弟子です。なんなら、いずれは三津と一緒にしてやってもいいくらいに思っていたんです。だが、それは信吉が大工として独り立ちしてからのことだ。それを棟梁であるあっしに隠れて陰でこそこそと三津に手を出しやがった。これほどの不義理はありゃしねえ。あっしはカッと頭に血が昇っちまって、信吉を殴りつけて追い出しちまったんです。そのときです。あっしが血を吐いて、ぶっ倒れたのは。信吉はあっしの病の責めを負って、そのまま行方をくらましてしまいました。もう一年、行方知れずのままです」

政五郎が目を伏せて俯く。

「政五郎さんの病と信吉さんのしたことは、なんのかかわりもありませんよ」

「今はわかっています。だけど、躰が自慢のあっしが血を吐いて寝込んじまったんだ。気が動転して、何も彼(か)もが信吉のせいだと思っちまいました」

「政五郎さん……」

自分の病のせいというより、それだけ娘を大事にしていたということだろう。

「できれば、信吉に謝りたいと思っています。あっしはもう長くない。虫のいい話だってのは百も承知ですが、許してもらえるならば信吉には、あっしの代わりに三津の傍にいてもらいたいんです」

政五郎の視線を追うと、南天の赤い実が静かに揺れていた。

陽(ひ)が落ちて、木々の影が薄長く伸びていく。冷気が骨まで染み込んできた。

政五郎が痩せ細った躰を小さく丸める。

「政五郎さん。そろそろ部屋に戻りましょう」

駿は政五郎の肩に手をかけた。

五

夕餉の後、駿は政五郎から聞いた話を、志穂に話して聞かせた。

「政五郎さんに、そんなことがあったんですね。どうりで治療をしていても、気力が落ちていくばかりだと思っていました」

「やはり、病にもよくないんでしょうか」

「心が晴れないことがあれば、躰を蝕む病に付け込まれるだけですから」

志穂が小さく溜息を吐く。志穂は医者として、ずっと患者の心に寄り添ってきたのだろう。

「志穂先生に頼みがあるのですが」

「わかりました」

志穂が笑みを浮かべて、小さく頷いた。

「えっ？　まだ、何も言ってませんけど」

「わかりますよ」

「何がですか」

「明日、お休みが欲しいんでしょう」

「そうですけど、どうしてわかったんですか」

「それはわかりますとも。三津さんに会ってくるんでしょう？」

「その通りです」

志穂には、何もかもお見通しだ。駿は肩を竦める。

「三津さんに会って、信吉さんの行方を知らないか訊いてみるつもりです」

政五郎の病を慮(おもんぱか)って身を引いてしまった信吉だが、そこは思いを寄せ合った二人である。文のやり取りくらいはしているのではないだろうか。そうでなかったとしても、信吉の行方について、何か手掛かりくらいは摑めるかもしれない。

「もしも信吉さんに会えたら、どうするつもりなんですか」

「わかりません。でも、政五郎さんは信吉さんと会いたがっています。政五郎さんの気持ちだけは伝えたいと思っています」

「何か手掛かりになるようなことがわかればいいのだけれど」

「志友堂は病を治すのではなく、死ぬまでの痛みや苦しみを取り除いてあげる治療院なんですよね。わたしにできることをしてみたいと思います」

駿は、思いをまっすぐに伝える。

「駿さんは、杉坂鍼治学問所の門下生なんですよね」

「はい。まだ修業中です」

「どうぞ、もっと胸を張ってくださいね」

「どうしてですか」

「だって、もう立派なお医者様だと思いますよ」

志穂が優しげに微笑みかけてくれた。

翌日の朝。

間市の部屋の前で声をかけた。この刻限ならば、間市は講義を持っていない。

「先生。少しよろしいでしょうか」

「駿か。入りなさい」

襖を開け、部屋の中に入る。間市の前で膝を折った。

「志友堂で手伝いをはじめて、十日が経ちました」

「うむ。どうだ」

「どうだ、じゃありませんよ」

「何を怒っておる」

「志穂先生は、西川先生の娘さんだそうじゃないですか」

「志穂がそう言ったのか」

「はい。伺いました。どうして先に教えてくれなかったんですか」

「儂は言ってなかったか」

間市がとぼける。

「聞いていませんよ」

「そうだったか」

「いい加減にしてくださいます」

「これは手厳しいな」

明らかに、いつもの間市ではない。

「志穂先生は鍼灸医として、本当に尊敬できる方でした」

父親とは違って、という言葉が口から出掛かったがなんとか我慢した。

「うむ」

「患者さんたちの信頼も厚く、志友堂は志穂先生に治療を乞う患者たちで溢れていま
す」

「そうか」

間市が口元を強く引き結んでいる。

「無理に厳しい顔をしなくてもいいですよ。頰が緩みっぱなしですから」

「な、何を言っておる」

「娘を思う父親の顔になっています」

「それはどんな顔だ」

間市が右手で己の頰を撫でた。

「腑抜けた顔です」

「嘘をつくな。儂は腑抜けた顔などしておらん」

間市が慌てて頬の緩みを引き締める。

「先生にも、そんなところがあったんですね。少しは安心しました」

「もう、軽口はよせ。それで志穂は儂のことを何か言ってなかったか」

間市が一番訊きたかったことなのだろう。

「まったく何も」

「何もか？」

「はい」

「少しくらいは何かあるだろう」

間市が身を乗り出す。

「少しもなかったです」

「おまえは何をしに、志穂のところへ行っているのだ。この役立たずが」

「何って、治療院を手伝ってこいって西川先生に言われたから、そうしているだけです」

「たしかに言ったかもしれんが……」

「先生は、何がお聞きになりたいんですか」

「別に儂は何も……」

「志穂先生との間に、いったい何があったんですか。わたしだって二十五両がかかっている仕事です。できることなら、先生のお役に立ちたいと思ってるんです。ちゃんと話してください」

駿は間市に強く詰め寄った。

間市が、フーッと息を吐く。

「三年前のことだ」

間市が口を開く。

「わたしが先生の往診のお供をはじめた頃ですか」

「その二月ほど前だ」

「何があったんですか」

「儂の妻が病で亡くなったのだ」

こんなに悲しそうな間市の姿を、駿は初めて見た。

「志穂先生のお母様ですね」

間市が顎を引く。

「元々、躰の弱い女だった。志穂を産んでからずっと、床についているほうが長いような暮らしだった。儂は自分のことを、日の本一の医者だと思っていた。儂に治せぬ病などないと、本気で信じていたのだ。儂は医者として、あらゆる手を尽くした。それでも妻の病が進むことを止めることができなかった。儂が妻にしてやれたことは、病を治すことではなく、死ぬまでの痛みや苦しみを取り除いてやることだけだった」

「それだって立派な医者の仕事じゃないですか」

「病を治せないのなら、医者などいらぬ」

「それって……」

間市が目を閉じ、首を左右に振った。

「妻が亡くなって、もう儂は治る見込みのない患者の治療はしないと決めた。儂は神でも仏でもない。治る病なら治るし、治らぬ病なら治らぬ。ならば、儂の鍼は治る見込みのある患者のために打ちたい」

「先生……」

間市がそのような思いを胸に秘めていたとは思わなかった。

「もっとも、大金を払う患者なら話は別だがな」

その一言を聞いて、間市に同情しかかった自分の愚かさに呆れる。

たしかに三年前に、駒(こま)という元遊女の不治の病の治療をしたことがあった。あのときも大金を受け取っていたと聞く。

「なるほど。志穂先生が、ここを出ていった訳がわかりました」

「儂のことを許せないと思っているのかもしれない」

「志穂先生は、そんな方ではないですよ。西川先生が迎えにきてくれることを待っているんじゃないですか」

駿の言葉に、間市が目を伏せた。膝の上に置かれた手が、かすかに震えている。

「どんなことでもよい。志穂のことでわかったことがあれば教えてくれ」

「わかりました」

駿は両手をついて頭をさげると、間市の部屋を辞去した。

駿は杉坂鍼治学問所を出ると、深川漁師町に向かって歩く。

政五郎の家は、思いのほか、すぐ近くにあった。

大工の棟梁の屋敷らしい丁寧な普請が見てとれる。政五郎からは、ここに三津が一人で暮らしていると聞いていた。

「ごめんください」

引き戸を開けて、訪いを入れる。

「どちら様でしょうか」

齢十七、八の女子が顔を出した。

「三津さんはいらっしゃいますか」

「わたしが三津ですが」

言われてみれば、どことなく政五郎の面影がある。

だが、政五郎の娘にしては、ずいぶんと若い。仕事一筋だった職人に、遅くにできた一人娘なのだろう。なるほど、目の中に入れても痛くないというのも頷ける。

「わたしは志友堂から来ました駿と申します。政五郎さんのお世話をさせていただいています」

駿は頭をさげた。

「お医者様でいらっしゃいますか」

駿が若いので、意外に思ったのだろう。

「まだ修業中ではありますが、志穂先生のお手伝いをさせていただいています」

志穂の名をあげたことで、ようやく安心したようだ。

「どのような御用向きでしょうか」

三津がつぶらな瞳をまっすぐに向けてきた。

「政五郎さんから、信吉さんのことを聞きました」

「おとっつぁんから……」

「政五郎さんは、信吉さんに会いたがっています」

「本当ですか」

「信吉さんの行方について、何かご存じのことはありませんか」

「それは……」

「どんなことでもいいんです」

「そう言われましても……」

三津の気持ちが揺れているように見える。

「政五郎さんは、信吉さんを追い出したことを心から悔やんでいます。政五郎さんの命の灯火は、もう燃え尽きようとしているんです。ご存じのことがあれば、どんなことでもいいので教えてください」

「………」

「どうか、わたしのことを信じてください」

駿は、三津に思いをぶつけた。

三津がまっすぐに見返してくる。それから大きく頷いた。

「わかりました。わたしと一緒に来てください」

三津は取るものも取りあえず、そのまま家を飛び出す。駿もそれに従った。

すぐに往来に出る。人通りを掻き分けるように歩みを進めた。

辻を三つ越え、さらに先の辻を左に折れる。三津は駆け出すほどに足早に歩いていた。

駿も隣を半歩遅れてついていく。三町（約三百二十七メートル）ほど歩いたところで、三津が一軒の長屋に飛び込んだ。

「信吉さん！」

玄関先で三津が声を張りあげる。

「お三津ちゃん。どうしたんだ」

若い男が顔を出した。

駿は驚く。少しでも信吉の行方についての手掛かりが得られればと思ってきたのだが、まさかこれほど早く会えるとは思っていなかった。

信吉が、すぐに駿に気づく。

「こちらは志友堂のお医者様です」

三津が駿を紹介した。

「志友堂って……」

三津から政五郎の療養先のことは聞いていたのだろう。志友堂と聞いて、信吉の表情が強張った。

「あなたが信吉さんですね」

「はい」

信吉が駿に向かって頭をさげる。日に焼けた細面の顔は、駿が思っていた通りの誠実そうな男に見えた。

「わたしは政五郎さんが療養されている志友堂の駿と言います。信吉さんのことは、政五郎さんから伺っています」

「そうですか」

「近くにいらっしゃったんですね」

信吉が申し訳なさそうに小さく頷く。

「棟梁を裏切るようなことをしちまって、一度は江戸を出たんです」

「でも、戻ってきた」

信吉が今度は先ほどよりもはっきりと頷いた。

「棟梁は孤児だったわたしを拾って育ててくれました。親も同然の方です。なのに、わたしは棟梁の許しもなく、お三津ちゃんのことを……。川崎宿（かわさきしゅく）の旅籠屋で下働きの仕事を見つけて働いていたのですが、やっぱりお三津ちゃんのことが諦められなくて、棟梁には申し訳ないと思ったんですが、こうして戻ってきてしまいました」

信吉が足下に視線を落とす。

「申し訳ないなんて思うことはありませんよ。政五郎さんは、信吉さんに会いたがっているんですから」

「でも……」

「信吉さんは、三津さんを大事にする覚悟があるんですか」

「もちろん、あります」

信吉が勢いよく顔をあげた。

「だったら、何を迷うことがあるんですか。政五郎さんには、もう猶予がないんです。どうか一刻も早く、政五郎さんに会いにいってください」

「いいんでしょうか」

「誰よりも、政五郎さんが望んでいることです」

信吉が三津と視線を合わせる。

二人が頷き合った。


「棟梁。申し訳ありませんでした」

信吉が政五郎の前に土下座する。

「なあに、謝るのは俺のほうさ。あんときは殴ったりして、悪いことをしたな。どうか、頭をあげてくれ」

「本当にすみませんでした」

顔をあげた信吉が、涙を流しながら詫びの言葉を繰り返した。その後ろで三津も泣いている。

「よく会いにきてくれたな」

「棟梁……」

「おまえも知っての通り、三津の母親は産後の肥立ちが悪くて、こいつを産んですぐに亡くなっている。俺ももうじき、あいつのところへ行く。そうなりゃ、三津は一人ぼっちだ」

「そんなことを言わないでください」

信吉が膝でにじり寄って、政五郎の両手を摑んだ。

「命の尽きねえ人間なんぞいねえんだ。誰だって、いつかは死ぬ。言ってみりゃあ、俺はいい人生だった。悔やむことなんぞ、なんにもねえ。だけど、ただひとつ、心残りなのは三津のことだ」

「棟梁。わたしがお三津ちゃんのこと、命に代えても守ってみせます」

「そうか。頼んでいいんだな」

「はい」

政五郎が、心から安堵したように頷いた。

「三津。こっちへこい」

政五郎が三津を呼ぶ。

「おとっつぁん」

三津が父のもとに歩み寄った。

政五郎が娘に微笑みかける。

三津と信吉の手を取った政五郎が、それをしっかりと重ねた。

「もう、思い残すことはねえ。これで、いつお迎えがきても安心だ」

「おとっつぁん」

「棟梁」

三津と信吉が声を合わせる。

「二人とも幸せになるんだぞ」

政五郎の両の目から、涙が溢れた。


信吉と三津が帰った後、夕餉の膳に政五郎は酒をつけた。

駿と志穂も政五郎に呼ばれて、ご相伴にあずかる。

「政五郎さん。お酒なんか飲んでいいんですか」

駿が手にした盃に、政五郎が徳利の酒を注いだ。

あまり酒を飲んだことがない駿は、注がれた酒に少しだけ口をつける。

「ヨモギやドクダミのお茶ばかりじゃ、生きる楽しみがなくなっちまって、治る病も治らねえよ」

むろん、政五郎の病が治ることはない。本人もわかっていることだ。

「躰のためには仕方ないじゃないですか」

「若先生よぉ。そんなかてぇことばっかり言ってると、いい医者にはなれねえぞ」

「お酒を大目に見ることといい医者になることは、何もかかわりないじゃないですか」

「かかわりは大ありよ」

「どういうことですか」

「それがわからねえから、若先生は志穂先生のところへ丁稚奉公に出されたんだよ」

「丁稚奉公って……。お手伝いに来てるんですよ」

　二人の様子を見て、志穂が笑っていた。

「いいか。鍼を打つだけが治療じゃねえってことだ」

「そんなことくらい、わかってますよ」

「そうかぁ。まあ、若先生の鍼はいつもは痛てぇばっかりだが、今日のことは鍼よりよく効いたな。いい仕事だった」

「それ、褒めてます？」

「ああ。褒めてるぞ」

　政五郎が口角をあげる。

「ありがとうございます。でも、それとお酒のことは別ですよ」

「どうせ明日をも知れねえ命だ。今さら何を我慢することがあるってぇんだ。なあ、志穂先生よ」

　政五郎が、志穂が空けた盃に酒を注いだ。

志穂はすでに三杯目だ。色白なので、目の下がほんのりと桜色に染まっている。

「志穂先生。本当にいいんですか」

駿は志穂に尋ねる。

「さあ、どうかしら。本人が飲みたいって言ってるんだから、仕方ないんじゃない。それに、今日は飲みたい心持ちなんでしょう。ねえ、政五郎さん」

志穂が徳利を手にすると、政五郎の盃に注ぎ返した。

「おお、ありがてえ。別嬪(べっぴん)さんに注がれた酒は格別だな。これで三日は寿命が延びるってもんだ」

「わたし……、たったの三日分ですか」

志穂が吹き出した。

志穂から徳利を受け取った政五郎が、

「若先生もどんどんやってくれ」

と、再び駿の盃に酒を注ごうとする。

「なんだ。ぜんぜん、減ってねえじゃねえか」

駿は仕方なく、盃を飲み干した。舌が痺れ、胃の腑が熱を帯びる。たしかに酒は美味しかった。

「政五郎さんの家に行く前に、西川先生に会ってきました」

さりげなく、志穂に耳打ちする。

「父は何か言ってましたか」

「まったく……、親子ですね」

駿は吹き出してしまった。

「何よ」

志穂が怪訝そうな顔を向ける。

「西川先生も同じことを訊いてきました。それも何度もしつこいくらいに」

それを聞いた志穂が双眸を和ませた。

酔った政五郎は、畳に突っ伏して寝息を立てている。もしかしたら、寝たふりをしてくれているだけかもしれないが。

「母のことは聞きましたか」

「はい。西川先生から話していただきました」

志穂が小さく頷く。

「父は、医者の仕事は患者の病を治すことだって。治る見込みのない者の脈は取らないって。母を亡くしたことが、よほど辛かったんだと思います。でも、わたしはそんな父を見ていたくなかった。父には、日の本一の医者でいてほしかったんです」

「それで西川先生のもとを離れて、志友堂を開いたんですね」

「初めは父への当てつけのつもりでした。でも、今は違います。志友堂を頼ってくれる患者たちに、本気で向き合いたいと思っています……」

志穂が盃を空けた。

「……父は、わたしのことをさぞかし怒ってるでしょうね」

「そんなことはないと思いますよ」

「怒ってるはずです。あの頑固で偏屈な父ですよ」

志穂が徳利を手に取り、自分の盃に手酌する。

「頑固で偏屈なのは間違いないですけど」

「それに赤鬼なんでしょう」

志穂が盃を呷る。項まで赤く染まっていた。

今まで機会がなくて知らなかったが、志穂は酒好きのようだ。父親の血だろうか。

「志穂さんの名前って、どなたがつけられたんですか」

「なんですか、急に」

「前から訊きたいと思っていたんです」

駿は盆の上に盃を置く。

「さあ、父だか母だか、ちゃんと訊いたことはないですけど」

「きっと、西川先生だと思いますよ」

「どうして、父だと？」

志穂が盃から視線をあげる。

「だって、名前に『心』が二つも入っているじゃないですか。欲張りな西川先生らしいです。自分の心も他人の心も、大切にできる女子になってほしいって、親心じゃないでしょうか」

「あの父が、他人の心を大切にですか」

志穂が、さもおかしそうに頬を揺らした。

「西川先生にとって、志穂さんはやっぱり大切な存在なんですね」

「どうでしょうか」

「そうに違いありません」

「ふふふふっ。今頃、くしゃみをしているかもしれませんね」

志穂はそう言うと、右手の指先でそっと目の下を拭った。

薩摩隼人の涙

一

「駿。これはどういうことよ」

咲良がすごい剣幕でまくし立てる。

駿や惣吾たち四人が寝起きしている部屋に、襖を蹴破るかと思えるほどの勢いで乗り込んできた。

「咲良さん。いったいどうしたんですか」

駿は読んでいた医学書から視線をあげる。

「どうしたもこうしたもないわよ。さっき、これが届いたの。わたしが受け取ったんですからね。顔から火が出るほど恥ずかしかったわよ」

そう言って、咲良が駿の前に、五、六冊の書物を放り投げるようにして置いた。

ドサッと重い音がする。

「これはなんですか」

「し、知らないわよ。えーと、わたしは中を見ちゃいませんからね」

咲良の顔が秋の熟れ柿のように、みるみる真っ赤に染まる。

「咲良さん、顔が赤いですよ」

「馬鹿なことを言わないでよ。そんな訳がないでしょう」

「まあ、いいですけど、別に」

「兎に角、さっき蔦屋の奉公人だっていう人が二人で来て、大八車に山と積まれた荷を下ろしていったんだから。そこにあるようないやらしい本が、何十冊もあるのよ。西川先生と駿に、御礼のお届け物だって」

「蔦屋さんからの御礼ですか」

「そうよ。治療のおかげで、無事に本復されたそうよ。大層喜ばれて、御礼の品を届けてこられたんですって。西川先生にお伝えしたら、儂は書物が読めないからすべて駿にやれって。いったいなんの御礼なのよ」

咲良の首筋から顔まで、さらに紅潮していく。

「咲良さん。書物の中身を見てるよね」

惣吾が咲良を横目で見ながら言った。

「み、見てる訳ないでしょう」

「じゃあ、なんでいやらしい本だって知ってるんだよ」

「いやらしい本だなんて言ってません。洒落本や浮世絵なんて、まったく興味はありませんから」

「なんだ。やっぱり見てるじゃないか」

「しつこいわね。見てないって言ったら見てないわよ」

咲良と惣吾の間に入った新太郎が、

「たとえ咲良さんが洒落本を好いていたとしても、わたしがお慕いする気持ちは、一寸たりとも揺らぐものではございません」

と、身仕舞いを正して言い切った。

「さすがは新さんだ。惚れた女子への思いに微塵も迷いがない。武士の鑑だな」

惣吾が新太郎を褒める。

「だから、なんでわたしが洒落本好きってことになってるのよ。だいたい、なんの治療をしたら、こんなにたくさん御礼の品が届くのよ」

矛先を変えたいのか、咲良が話を駿に振った。

「それはちょっと……」

咲良に問われても、駿としては答えに窮してしまう。

「いいから、言いなさい」

咲良が両手を腰に当て、仁王立ちになっていた。咲良のお決まりの立ち姿だ。こうなったときは、誰も逆らえない。

「陽萎です……」

駿は観念して、聞こえるか聞こえないかというほどの小さな声で答えた。

「なんですって？　聞こえないわよ」

こうなれば、自棄のやん八である。

「だから、陽萎の治療をしたんです」

「そ、それって……」

もう見ていてこちらが恥ずかしくなるくらい、咲良が全身を真っ赤に染めていた。

「蔦屋さん。無事に本復されて、よっぽど嬉しかったんですね」

駿がそう口にしたときには、

「わたし、用事を思い出したわ」

もう咲良は踵を返していた。

駿は間市の部屋を訪ねた。

「そうか。蔦屋さんからの御礼の品は、そんなに見事なものだったか」

間市が喜色を浮かべる。

「たった一度の鍼灸の治療だけで本復したって、蔦屋さんはとてもお喜びになっていたそうですよ。御礼の品を届けにきた奉公人の方が言っていたそうです」

「儂を誰だと思っているのだ。あれくらいのことは病のうちに入らぬ」

間市が胸を張った。

「西川先生は、蔦屋さんが必ず治るとわかっていたんですか」

「当然だろう」

「西川先生の腕が良いからですか」

駿は嫌味半分で口にする。

「むろん、それもある。だが、そもそも蔦屋さんの陽萎は、躰を患ったものではない。一昨年のご公儀からの乱暴なご処分に打ちひしがれ、心が塞いでいただけだ」

「意気をなくしていたんですね」

「江戸一番の名医である儂の鍼を打ってやるのだ。必ず治ると本人が思い込むことが、もっとも肝要だった。案の定、治ったではないか」

間市が満足そうに口角をあげた。

「再び陽萎になることはないのですか」

「聞けば、ご公儀には負けずに、まだ出版をつづけているそうではないか。ならば、もう案ずることはなかろう」

「蔦屋さんは、よほど嬉しかったようで、洒落本や浮世絵の刷本を山ほどいただきました」

「みんなで楽しむといい」

「ありがとうございます」

駿は笑みを浮かべる。蔦屋からの贈り物は、若い男子ばかりの門下生たちに、大きな波紋を広げることになった。

盲人の多い学問所ではあるが、本を読むことができる者のまわりにたくさんの人が集まり、彼方此方の部屋で洒落本の読み聞かせが行われた。

「志友堂のこと、ご苦労であったな」

駿は間市の娘である志穂が営む治療院で手伝いをした。間市との約束だった一月を無事に終えたばかりだ。

「志穂先生とは、お会いになられたんですか」

「うむ」

「それじゃあ、わかりませんよ。会われたんですか。それとも、会われてないんですか」

駿は間市に詰め寄る。

「昨夜(ゆうべ)、志穂がここへ来た」

渋々、間市が認めた。

「そうだったんですね。もう、それを早く言ってくださいよ。先生、何を照れているんですか」

「照れてなどおらん」

「それで志穂先生とは、どんな話をされたんですか」

「志友堂の患者が多くて手が足りないので、手伝いを寄越してほしいと頼まれた」

「もう、わたしは無理ですよ」

「わかっておる。駿は治療院を開くことになるかもしれないと、志穂にも伝えてある」

「では、どうするんですか」

「他に人手がないのであれば、儂に手伝いに来いと言いよった。まったく、この儂をなんだと思っておるのだ。まあ、仕方がないから、手の空いているときだけ、助けに行ってやることにした。人使いの荒い娘だ」

「ふーん。そうなんですね」

駿は相好を崩す。

「おまえ、笑っただろう」

「笑ってません」

「いや、笑った」

「先生は目が見えないじゃないですか。そんなのわかる訳がないでしょう」

「いや、目など見えなくても、おまえが笑ったことくらいはわかる」

「もう、道理に合わないことを言わないでくださいよ」

「ならば、笑ったと認めるのだな」

「はいはい。認めます」

気がつけば、二人して腹を抱えて笑っていた。

「約束の金だ。二十五両ある」

間市が目の前に金子を並べる。

「本当にいただけるのですね」

「儂が払わぬとでも思っていたのか？」

「そうではありませんが……」

間市なら、何か難癖をつけて払わないとも限らない。

今まで幾度、煮え湯を飲まされてきたことか。正直言えば、目の前に二十五両を並べられてもなお、半信半疑だった。

「おまえが働いて得た金だ。好きなように使え」

「ありがとうございます」

どうやら、今度ばかりは本当らしい。

「もっとも、これほどの大金だ。とりあえずは儂が預かっておくが、おまえがここを出るときに、改めてわたしてやろう」

「お願いします」

駿は、両手をついて頭をさげた。

「これから、どうするのだ」

間市が問いかける。

「玉宮村まで、梨庵先生を迎えに行こうと思います」

駿は、懐から一枚の文を取り出した。

「何を持っているのだ」

衣擦れの音で、間市は察したようだ。

「涼が命を絶つ前にくれた文です」

「おまえと兄弟のように育った幼馴染みだったな」

「兄弟よりも仲がよかったと思います。涼は村一番の神童とまで言われた器量を買われて、前橋陣屋のお代官様に、侍としてお取り立ていただいたんです」

「百姓が侍になったのだな」

「涼は侍になりたくて、学問も剣術の稽古も誰よりも励んできました。年貢に苦しむ貧しい百姓たちを助けたいって、いつも言っていたんです」

「神尾若狭守春央という勘定奉行は、胡麻の油と百姓は絞れば絞るほど出るものなりと言ったらしい。百姓の苦しみは武士にはわからぬ。それで侍を志したのか」

「涼は、その才を買われて、勘定方の役人になったんです。だけど、代官の川村様がご公儀への賄とするために、年貢勘定帳に記さずに密かに貯めていた囲い米を見つけてしまい、勝手に売り払ってしまったんです」

「恐れ多いことだ」

「はい。でも、涼は囲い米を売り払った金を一銭たりとも己の懐には入れず、飢饉に苦しむ百姓たちに、利子を取らずに貸し付けました。その額は千両にもなったそうです。おかげで百姓たちは、翌年の作付けのための種籾を買うことができました」

「貧しい百姓を救ったのだな」

間市が両腕を胸の前で組むと、口元を引き締めて唸った。

「百姓だけではありません。凶作に喘ぐ百姓たちは一揆を企てていたのですが、涼が金を貸し付けたことで、これを取りやめました。一揆が起これば喧嘩両成敗で、百姓だけでなく藩も厳しく罰せられます。涼は、藩も救ったのです」

「そうか。だが、涼はただでは済むまい」

間市の言葉に、駿は頷く。

「涼は横領の咎で、切腹のご沙汰となりました」

「十両盗めば死罪（斬首）となるものだが、腹を切ることを許されたのか」

「亡骸を墓に葬ることも認められました。お代官様にも負い目があったのでしょう。この文は、涼が腹を切る前に、わたしに宛てて書いてくれたものです」

「最期の言葉か」

「いつまでも駿らしくあれ、と書かれています」

「おまえらしくあるために、梨庵殿に会いに行くのだな」

　駿が鍼灸医になりたいと志したとき、江戸へ出て杉坂鍼治学問所で学ぶことを勧めてくれたのが梨庵だった。入所のための紹介状まで書いてくれた。

「涼の母ちゃんが重い病で死にそうになったとき、前橋まで行って、治療してくれる医者を探しまわったことがあります。でも、金のない貧しい百姓のところへ往診に来てくれる医者は、誰もいませんでした。命の重さは、金の重さなんですか」

　駿は間市に問いかける。

　金がないというだけで、命を助けてもらえない。あのときの悔しさ、そして虚しさを駿は忘れたことはなかった。

「そんなことがあったのか……」

　間市が口元を引き締め、渋い顔をする。

「医は以て人を活かす心なり。故に医は仁術という。そう言って涼の母ちゃんを治療してくれたのが、梨庵先生でした。わたしは梨庵先生のように、困っている人を見捨てることのない医者になると決めたんです。それが、わたしがわたしらしくあることになるのか、自分でもまだよくわかりません。でも、その答えを見つけるためには、梨庵先生のところへ行くしかないと思っています」

「かもしれぬな」

珍しく間市が素直に首肯した。

「でも、どうして梨庵先生は、江戸所払いになったのに、たった三年で戻れるのですか」

中追放になった者が、わずか三年で恩赦を受けて江戸に帰参を許される。それも江戸所払いの沙汰が下りたとき、すでに三年後の恩赦もあわせて決まっていたという。

「ご公儀が決めたことだ」

「おかしいではないですか」

「やめておけ。おまえが承知だろうが不承知だろうが、世の理(ことわり)が動くことはない。余計なことなど考えずに、梨庵殿のところへ行くことだ」

妙に引っかかる物言いだ。

「どういうことですか」

だが、間市はこれには答えず、

「梨庵殿に会ったら、案ずることなく、ここへも顔を出すように伝えなさい。儂は梨庵殿のことなど大嫌いだが、それでも昔の同僚のよしみで、少しくらいは面倒を見てやってもいい」

相変わらずの横柄な言葉を口にした。

嫌っているのはお互い様だとは思うが、

「梨庵先生にお伝えします」

そう言って、駿は低頭した。

二

爽やかな風が頬を撫でる。

抜けるような青空を見上げるだけで、胸のうちも晴れやかになるものだ。

寛政五年(一七九三)皐月(さつき)五日。

端午の節句だ。端午の「端」は初めの意で、「午(うま)」は五の音と同じである。

子供の成長を七五三で祝うように、奇数は縁起のよい数字とされる。月と日に最初に五がつくのが、五月五日ということになる。

駿は、この日を玉宮村への帰郷の日と決めた。縁起を担いでのことだ。

駿にとって、新たな道を歩みはじめることになるのだ。

前日に深川を出立し、途中の川越で木賃宿に泊まって上野国まで二日の旅となった。道行く足取りも軽い。苦もなく玉宮村に着いた。

「懐かしいなぁ」

三年ぶりの玉宮村である。

大海原(おおうなばら)のような麦畑が、風を受けて黄金色(こがね)に揺れていた。あと一月もすれば、収穫のときを迎える。

遠くに浅間山が噴煙を燻(くすぶ)らせていた。母の命を奪った浅間山だが、物心ついたときから見慣れている雄大な姿は、駿にとってかけがえのないものだ。

風も匂いも景色も、何も変わっていない。

「伝五郎(でんごろう)おじさん。千代(ちよ)おばさん。ただいま帰りました」

懐かしい家に帰る。

母を浅間焼けで亡くしてから、駿は幼馴染みの涼の両親に引き取られた。

涼の家も貧しい小作農だ。飢饉の度に子供が口減らしに売られることも珍しくなかった。にもかかわらず、駿のことを実の子と変わらずに育ててくれた。

駿の父と涼の父の伝五郎が従兄弟(いとこ)だったこともあるが、何よりも母が涼を庇(かば)って亡くなっていたことを恩に感じてくれてのことだ。

「駿、おかえり。見違えるように大人になったな」

伝五郎が笑顔で迎えてくれる。

「駿ちゃん。少し髭が伸びてきたんじゃないの」

千代の瞳は潤んでいた。

駿にとっても、この二人は実の親と変わらぬ大切な人たちだった。

「おじさんとおばさんのおかげで、鍼灸の学問を学ぶことができました」

駿は両親と死に別れている。伝五郎と千代は一人息子である涼を亡くしていた。

互いに失った大切なものを補い合うように、三人は本当の家族としての絆で結ばれている。

「それじゃあ、お鶴さんと涼に、駿が立派なお医者様になったことを知らせに行こうか」

伝五郎が微笑みかけてきた。

「まだ、修業が終わっただけですよ」

「だけど、駿は困っている人を助けるために医者になったんだろう」

「はい」

駿は胸を張り、伝五郎と千代に向かって頷いてみせる。

「だったら、立派なお医者様に違いない」

伝五郎も千代も嬉しそうだ。

三人で裏山を越えた。その先に開けた荒れ地がある。

山道を歩いていると、すぐに躰が汗ばんでくる。通い慣れた道だ。あの頃は幼馴染みの涼と茜といつも一緒だった。

一本の桜の古木があった。涼が「明日葉」と名づけて、大切に育てていた桜だ。

青々とした葉桜になっていた。

明日葉のすぐ傍に、廃屋の跡があった。そこに二つの小さな墓が並んでいる。

駿の母である鶴と涼の墓だ。二つの墓には、たくさんの花が供えてあった。

飢饉で苦しむ村を救うために命を投げ打った涼と、その涼を浅間焼けから助けるために命を落とした鶴。

村人たちが二人のことを忘れずにいてくれたことが嬉しい。

駿も途中の山道で摘んできた花を手向ける。三人で手を合わせた。

――母ちゃん。俺、江戸一番の学問所で三年も鍼灸を学んで、医者になることを許されたんだ。これからは父ちゃんのように、困っている人を助けられるように一生懸命に励むよ。

――涼。医者になったぞ。おまえみたいにたくさんの人のために命を懸けたりはできないかもしれないけど、俺は俺らしく生きるよ。これからも見守っていてくれ。

駿は立ちあがった。

濃い緑の匂いを孕んだ風に包まれる。

何もかもが懐かしい。

ここで幼馴染みの涼と茜の三人で過ごした日々が、ついこの間のように蘇った。

茜はどうしているのだろうか。

三人はいつだって一緒だったのに、今こうして明日葉を見上げているのは、駿一人だけになってしまった。

——おまえは茜に裏切られたと思っているんじゃないのか。

不意に、間市に言われた言葉が脳裏をよぎる。

そんなことはない。

駿にとって一番大事なことは、茜が幸せかどうかということだ。茜が幸せに暮らしていてさえくれれば、それでいい。

駿は首を左右に振って、間市の言葉を掻き消した。

その刹那、背後の伝五郎が声をあげる。

「梨庵先生じゃないですか」

駿は振り返った。

「梨庵先生！」

梨庵が杖をついて歩いてくる。

さらに隣で、目が不自由な梨庵の手を取っているのは、日ノ出塾の師範である内田健史郎だった。

健史郎は、涼の養父でもある。涼は川越藩松平家に取り立てていただくにあたり、健史郎の養子となって武士になった。

江戸所払いになった梨庵は、玉宮村に流れ着いてからというもの、日ノ出塾に居候しながら、近隣の村の百姓たちを治療していた。

どうやら二人で、涼の墓参りに来たようだ。

「おおっ。その声は駿だな。戻ってきたか。声が大人びて太くなったようだ。江戸でしっかりと鍼灸を学んできたか」

梨庵が顔をほころばせる。

隣に立つ健史郎も、笑みを浮かべて頷いていた。駿や涼が幼い頃から、学問や剣術、水練はもとより、人としての道を説いてくれたのが健史郎だった。

ここに居合わせた四人の大人たちのおかげで、今の駿がある。誰もが恩人だった。

「はい。無事に杉坂鍼治学問所の修業を終えることができました」

「うむ。それで涼に知らせに戻ったのか。今日は涼の月命日だからな」

それで涼の墓にたくさんの花が供えられていたのだ。

「はい。母ちゃんと涼に、医者になったことを伝えたところです」

「そうか。それはよいことだ」

「でも、それだけで帰ってきたのではありません」

「うむ」

梨庵が口元を引き結んだ。

「梨庵先生をお迎えにあがりました」

駿は、まっすぐに梨庵に向き合う。

「駿と初めて会ったのも、この桜の木の下であったな」

梨庵が明日葉を見上げるように顔をあげた。

「あのときは、てっきり物乞いが行き倒れて死んでいるのかと思いました。梨庵先生は七日も何も食べてなくて、腹が減ったと言って、涼とわたしの握り飯を全部食べてしまったんですよ」

「そうだったかな」

梨庵が苦笑する。みんなもつられて肩を揺すった。

「先生は一宿一飯(いっしゅくいっぱん)の恩義だと言って、お金も取らずに千代おばさんの治療をしてくれました」

隣に立つ伝五郎と千代が、深々と頭をさげる。

「梨庵殿は、今では玉宮村には欠かせぬ大切な御方だ」

健史郎が梨庵を居候として許し、暮らし向きの面倒も見ている。医者のいなかった玉宮村にとって、梨庵がどれほど大切かをわかっているからだ。

それでも駿は、梨庵を江戸に連れて帰りたいと思う。

玉宮村に医者が求められるならば、梨庵のもとで修業した駿が、いつの日にか戻ってくればよい。だが、梨庵のような名医は、玉宮村と比べものにならないくらいたくさんの人々が暮らす江戸にこそいるべきなのだ。

「駿が鍼灸医になりたいから、俺の弟子にしてくれと言ってきたのも、この明日葉の下だったたな。貧しい人を助けたい。鍼灸医なら薬を使わなくても、鍼で人を助けることができるからと」

「枯れ木だったはずなのに、あのとき明日葉に花が咲きましたよね」

「俺には見えなかったが、満開だったんだろう」

目の不自由な梨庵には、満開といえども桜の花は見えない。

「はい。息が止まるくらいに満開の桜花で満ちていました」

「涼と駿の思いが、古木に花を咲かせたのだな」

「涼とわたしの思いですか」

駿は、明日葉を咲かせたのは、来る日も来る日も世話を欠かさなかった涼の執念だと思っていた。その執念こそが、侍になった涼が飢饉に苦しむ百姓たちを救う力の源となったのだ。

「そうだ。あのとき、涼が大切に育てた思いが、駿に引き継がれたのだ。だから、桜は咲いた」

駿は足下にある涼の墓石に目をやる。

――涼の思いが俺に引き継がれた。

駿は、梨庵の言葉を胸の内で繰り返した。その言葉が、ゆっくりと躰の中で広がっていく。

「この桜の木の下で、切腹を覚悟した涼が陣屋の牢屋(ろうや)からわたしに書いてくれた文を読んでいたんです」

「それで桜が咲いたんだな」

梨庵の声が震えていた。

駿よ。いつまでも駿らしくあれ。

涼の文の最後に書かれていた言葉だ。何度読み返したかわからない。

「梨庵先生の江戸所払いは、すでに恩赦となっています。いつでも大手を振って戻れます。わたしと一緒に江戸へ行ってください。梨庵先生の鍼灸医としての腕を、もっとたくさんの人たちのために使っていただきたいのです。病に苦しんでいる人たちを助けたいのです。わたしに、そのお手伝いをさせてください」

駿は、深く頭をさげた。

「健史郎殿のおかげで、この村も住み心地がよかったのだがな」

梨庵が坊主頭をボリボリと掻いて、健史郎に微笑みかける。

「梨庵殿。あの悪戯ばかりしてお鶴さんに叱られていた駿が、こんなにも立派に育ってくれました。江戸で名高い杉坂鍼治学問所で見事に医学を修め、医者となってたくさんの困っている人たちを救いたいと大志を抱いている。思えば、涼がよく言っていました。駿は凄い奴だ。駿のようになりたいと」

「玉宮村の神童とまで言われた涼が、駿のようになりたいと言っていたのですか」

「誰よりも駿のことをわかっていたのは、涼だったのですね」

健史郎が我が子の成長を喜ぶ父親のように目を細めた。

「いつまでも玉宮村に腰を据えている訳にはいかないようですな」

梨庵が健史郎に答えた。

「明日からは梨庵殿から店賃と飯代をいただくことにしましょう」

健史郎が笑みを浮かべながら軽口を叩いた。

「うむ。健史郎殿に追い出されるのであれば、江戸へ行くより致し方あるまい」

梨庵が駿に向かって相好を崩す。

「梨庵先生……」

「駿よ。二人で江戸に行くか」

「ありがとうございます。でも、行くのは涼と一緒に三人です」

懐の中に手を差し入れ、涼の文に指で触れた。

駿は明日葉を見上げる。

清々(すがすが)しい風が、茂る青葉の間を抜けていった。

三

「おい、ちっとばかし右に傾いているぞ」

看板を打ちつけようとしている信吉に、政五郎が威勢のいい声を投げかける。

涼桜堂(りょうおうどう)の開院が、いよいよ明日に迫っていた。駿と梨庵が本所の町に開く鍼灸の治療院だ。

治療院の名は、桜の古木を咲かせた涼の志を引き継ぐつもりで、駿がつけたものだ。

あくまでも駿は梨庵の弟子である。梨庵の治療院であることに間違いはない。だが、開院の支度金を用立てたのは駿なのだから、治療院の名前も好きにつけろと梨庵が言ってくれた。

治療院を開くにあたっては、間市から三年間の奉公の給金として受け取った二十五両を使ったのだ。

それを申し出たときに梨庵が嫌な顔をするかと思ったが、「間市殿が杉坂鍼治学問所で今の御役を得られたのも、言ってみれば俺のおかげのようなものだ。間市殿に貸しはあっても借りはない。二十五両どころか、もっと吹っかけてもよかったんじゃないか」と、拍子抜けするくらいにあっさりと受け入れてくれた。

出所がどうであろうと、金に違いはないということだ。まったく梨庵らしい。

命名だけでなく、看板の文字も駿が筆書きさせてもらった。下手(へた)な字だが、どうせ梨庵には見えやしない。

治療院は借り受けた古い長屋を、大工の信吉が腕によりをかけて普請してくれた。棟梁の政五郎が仕上がり具合をたしかめにきている。

昨夜まで床から起きあがることさえできなかった政五郎だが、志穂と三津に両腕を支えられているとはいえ自分の足で立ち、信吉に向かって大声を張りあげて指図をしている。

「水を得た魚だね。やっぱり、おとっつぁんは死ぬまで大工だよ」

三津が指先で目の下を拭った。

「あたぼうよ。こちとら三つんときから金槌を握ってるんでぇ」

本当に立っていることが不思議なほどに病は進んでいる。それでも政五郎は、信吉の大工仕事の一つひとつに鋭い眼差しで目を配っていた。

「棟梁。傾いてなんぞいませんよ。俺の腕を信じてください」

信吉が梯子の上から笑顔で振り返る。

「ふんっ。まだまだ雛っ子のくせに偉そうなことを吐かしやがって。いいか、涼桜堂は駿先生の初めての治療院だぞ。釘一本でも間違えがあったら、ただじゃおかねえからな」

「おお、怖い。そんだけ元気なら、まだまだ棟梁からたくさんのことを教えてもらえますね」

「馬鹿も休みやすみ言え。信吉は俺の一番弟子だ。もう、教えることなんぞ残ってねえ。おめえの腕前は俺が請け合ってやらあ」

「もう、おとっつぁんたら。言ってることが、さっきと違うわよ」

三津の言葉に、みんなが声をあげて笑った。

「これでできあがりです」

最後の仕上げだった看板をかけ終えた信吉が、梯子を降りてくる。

――いよいよ、ここからはじまるんだ。

そう思うと、胸がグッとくる。

間口は二間（約三・六メートル）で奥行きは四間。玄関土間をあがると小さな板間があり、張り替えたばかりの杉板の香りが辺り一面に匂った。その奥には畳敷きの部屋がつづき、ここも真新しい畳が敷いてある。

土間には患者の待合として、信吉が作ってくれた縁台が三脚並べてある。狭いが台所と納戸もあり、階段をあがると二階にも畳の部屋が二つあった。これは各々、梨庵と駿の寝所となる。

風呂はないが湯屋は近いし、両隣に貸本屋と薬種問屋が暖簾を揺らしているのも、梨庵に言わせると場所がよいとのことだ。鍼灸を求める患者にとって、貸本屋も薬種問屋も役立つことこの上ないそうだ。

「駿。綺麗な治療院ね」

振り返ると咲良だった。新太郎と惣吾と松吉もいる。

「みんな、来てくれたんですね」

「当たり前でしょう。梨庵先生と駿が治療院を開くんですから、杉坂鍼治学問所の門下生で銭を出し合って御祝いを支度したのよ」

惣吾と新太郎が引いている大八車には、米俵（約六十キログラム）が三俵も積まれていた。

「米は松吉の家で手配してもらったんだ」

惣吾が松吉の肩に手をかけた。松吉が照れた笑みを浮かべる。松吉の実家は札差である。米ならいくらでも都合がつくはずだ。

「味噌や野菜もたっぷりあるぞ。それから鯛も買ってきたんだ。見事な鯛だろう」

新太郎が笊に盛られた大ぶりの鯛を見せた。

「凄いね」

駿は目を見張る。こんな立派な鯛など見たことがない。

「酒はあるのか」

梨庵が咲良に尋ねる。

「ご心配なく。梨庵先生がご所望だと思って、買ってきましたよ」

「それはありがたい」

梨庵も上機嫌である。

「みなさん。いつも父がお世話になっております」

志穂が咲良たちに言葉をかけた。

「えーと……」

「志友堂の志穂と申します」

「それって西川先生の……」

「はい。娘です」

志穂がみんなに笑顔を向ける。

「あの顰めっ面の西川先生の娘さんなのに、こんなに綺麗な方なんですね。あっ、ごめんなさい」

突然のことに驚いた咲良が、思わず失礼なことを言ってしまい、慌てて口を両手で押さえた。

「お気になさらないで。よく言われますから」

志穂が大きく肩を揺らした。

「志穂先生。梨庵先生には気をつけてくださいね」

咲良が志穂に向かって悪戯っぽい笑顔を向ける。

「梨庵先生がどうかしたんですか」

「目が見えないふりをして、すぐにお尻を触ってくるんですよ」

「仕方ないだろう。ふりではなく、本当に目が見えないんだから」

梨庵が咲良に異を唱えた。

「どうかしら。梨庵先生は本当は目が見えてるんじゃないですか。都合が悪いときだけ見えなくなっちゃうんだから」

これには杉坂鍼治学問所のみんなは思い当たることがあったのか、誰もが腹を抱えて大笑いした。

「さあ、前祝いに一杯やるぞ。みんな、あがってくれ」

梨庵がみんなを誘って涼桜堂の中に入っていく。

――涼。みんないい人たちだよ。俺は助けてもらってばかりだ。だけど、俺はここで江戸一番の医者を目指すからな。俺らしく生きるよ。一人でも多くの困っている人を助けるんだ。だから、俺のことを見ていてくれよな。

一人残された駿は、涼桜堂と大きく太い字で筆書きされた看板を、いつまでも見上げていた。

「ご馳走さまでした」

駿は、梨庵と自分の朝餉（あさげ）の膳を手早く片付けた。

涼桜堂の一日がはじまる。

正藍染め（しょうあいぞめ）木綿の小袖と袴に、白襷（しろだすき）を掛けて身支度を整えると、医者として身も心も引き締まった。

濃い藍色は「勝色（かちいろ）」とも呼ばれ、古来、武士が縁起を担いで多く用いたそうだ。

駿は侍ではないが、剣と鍼の違いはあれど、患者に向き合う心根は剣での命のやり取りに負けないと思っている。

明け五つ（午前八時頃）の鐘とともに、涼桜堂に患者が押し寄せる。

梨庵とともに江戸に戻り、本所に涼桜堂を開いてから一月も経っていないが、治療を求めてやってくる患者は日増しに増えるばかりだ。

杉坂鍼治学問所から程近い場所を選んだ梨庵の目利きには、間違いがなかったようだ。

初めに梨庵が治療院を開く地として本所をあげたとき、駿は異を唱えた。

本所深川には天下に名だたる杉坂鍼治学問所があるのだ。学問所と併設して治療院があり、西川間市や坂口堂庵などの名医が講義の合間に治療に当たっていた。

杉坂鍼治学問所の治療院が江戸で随一の評判を得ていることを、門下生として手伝っていた駿はよく知っている。この広い江戸で、わざわざそのすぐ傍に治療院を開くことはないだろう。

だが、梨庵は笑っているだけで、駿の苦言にはまったく取り合わず、頑なに本所がよいと唱えた。駿は渋々ながら、本所の長屋に店を借りた。

梨庵の言った通り、治療院をはじめた途端に、患者が押し寄せた。

まずは本所深川の地で、鍼灸医として梨庵の評判が高かったことだ。

三年の月日が過ぎても、梨庵の鍼で病や怪我を治してもらった人たちは、そのことを忘れていなかった。

もうひとつは、杉坂鍼治学問所の治療代がとても高かったことが、涼桜堂に患者を呼ぶことになった。

駿の強い思いもあって、間市が往診で患者から得ていた治療代の十分の一ほどにした。さらに日々の暮らしにも困っている人には、ある時払いの催促なしとした。

これはたちまち人伝に広まっていった。

そして、もうひとつ。梨庵が武家の側室との色恋沙汰で江戸所払いになっていたことを、面白がっている人たちも少なくない。良きにしろ悪しきにしろ、こういうところが江戸である。むろん、治療中にこれについて訊かれて答える梨庵ではなく、上手にはぐらかしてしまってお終いである。

「みなさん、おはようございます」

駿は戸板を外し、白暖簾をかけた。

待っていたように、三人の患者が暖簾をくぐる。

駿は満面の笑みを浮かべて、患者を迎え入れた。


「おじゃっどかい」

暮れ六つ（午後六時頃）。患者の訪れも途絶え、診療を終えて暖簾をしまおうとしていたところに、二本差しの男が飛び込んできた。

ここまで駆けてきたのか、大きく肩で息をしている。額の汗を拭おうともせず、今にも泣き出しそうな表情を駿に向けてきた。

彫りが深くて眉や髭が濃い。大柄の躰に角張った顔は、まるで熊が着物を着ているようだが、如何にも人のよさげな様子は見ていても感じ取れた。

「えっ？」

駿は、侍の言葉の訛りが強くて、思わず訊き返してしまう。

駿の生まれ育った上野国も訛りはあったが、江戸の暮らしに困るほどではなかった。が、男の言葉は何を言っているのか、さっぱりわからなかった。

「御免つかまつる」

それを察したのか、男が恥ずかしそうな顔をして慌てて言い直したが、やはり訛りは残っている。

「どうなさいましたか」

「おはんら、お医者様でごわすか」

「はい。医者でごわす」

ふざけている訳ではない。あくまで、うっかりである。

「往診に来てもうたば」

男が訛らないように気をつけているのがありありとうかがえたが、日頃は兎も角も、今は切羽詰まっているらしく、隠しようがないようだ。

「どなたか病に臥せっておられるのですか」

「おいは……、拙者は、川田左近と申します。故あって詳しくは語れませんが、とある家中の江戸蔵屋敷に仕える者でごわんそ。けっして怪しい者ではなか。まっこう苦しんでいる者がおるとです」

「患者はどちらですか」

声を聞きつけて奥の部屋にいた梨庵が、顔を出した。

「業平橋のすぐ傍です」

業平橋は大横川に架かる橋で、ここからなら歩いていくらもかからない。

「はて。そのようなところに、どこぞのご家中のお屋敷がございましたかな」

「苦しんでおるのは、家中の者ではなかとです」

左近が言い淀んだ。

「駿。行くぞ」

梨庵は、すでに羽織に袖を通していた。詳しい話はおろか、患者の容体さえ尋ねようとはしない。

こういうところが梨庵らしい。これが間市なら、まずは治療代が払えるのかを問い質しているところだ。

「かたじけなか」

熊のような大男が、泣きそうな顔をして礼を言っている。少なくとも悪い男ではなさそうだった。

「お武家様。わたしは目が利きません。案内をお願いできますかな」

梨庵は草履を履いて、すでに歩き出している。

駿は道具箱を持って、慌てて梨庵の後を追った。

「こちらでごわす」

男に案内されたのは、業平橋の袂にあった小さな店であった。と言っても、涼桜堂の倍くらいはありそうだ。

「藤屋と看板が出ています」

駿は、手を取っている梨庵に耳打ちする。

「業平橋の藤屋さんか。砂糖問屋だな。それでか」

「どういうことですか」

「こちらのお武家様は島津家の方であろう」

然もありなんと、梨庵が頷いた。

刹那、男が躰を強張らせたが、すぐに聞こえなかったように店の戸を叩く。

「川田です。お医者様をお連れもした」

すぐに閂（かんぬき）が抜かれる音がした。

「ありがとうございます」

戸を開けたのは、店の主人だろうか。齢五十に手が届くかという初老の男だった。背丈は五尺（約百五十一センチ）に満たない。猫背のせいか、さらに小柄に見えた。

店の中に入る。間口は四間で、奥は八間はあるだろうか。やはり外から見た通り、涼桜堂の倍ほどの広さがある。

店の土間に積まれた俵からは、噎（む）せるほどの甘い香りが漂っていた。

黒糖の香りだ。駿でもすぐにわかった。

砂糖は和菓子の元種として欠かせないが、昔は高価な薬として使われていた。

杉坂鍼治学問所でも間市が滋養の薬として、鍼治療とあわせて砂糖を処方することがあった。弱った患者に砂糖を舐めさせることで、治療の効き目を高めるのだ。

砂糖について、間市から聞いたことがあった。

今でこそ砂糖は砂糖問屋で売られ、和菓子などにも使われるようになったが、十数年前までは、薬種問屋で薬として扱われていたそうだ。

元々砂糖は、長崎に来ていた唐船（中国船）や紅毛船（オランダ船）との貿易によってのみ、手に入れられた高価な品だった。

これが徳川様の世になって、薩摩（さつま）の島津家が奄美（あまみ）や琉球（りゅうきゅう）を支配したことで、サトウキビから作る黒糖を産するようになった。さらにくだって、徳川吉宗(よしむね)公の世になると、高松(たかまつ)藩や丸亀(まるがめ)藩などの西国諸藩も砂糖を作るようになる。

長崎貿易で入る唐紅毛糖や国内産の和糖は、それぞれを扱う問屋があった。が、薩摩藩は米に代わる大きな商いとして、黒糖の取り扱いを厳しく統(す)べていた。薩摩の黒糖は、大坂(おおさか)にある薩摩問屋のみが商いを許されていて、江戸においては薩摩蔵屋敷のみが取り扱うことができた。

江戸において黒糖を仕入れて売ろうとすれば、薩摩藩の許しを得て、薩摩蔵屋敷と商いをするしかない。

藤屋も薩摩蔵屋敷から黒糖を仕入れて、江戸の和菓子屋や水茶屋に売っているのだろう。それで島津家の侍が、こうして店に出入りをしているのだ。

「涼桜堂の田村梨庵と申します。供の者は駿といって、わたしの弟子です」

「夜分に恐れ入ります。手前は藤屋の主人の茂兵衛(もへえ)と申します。番頭も手代も今夜はすでに家に帰しておりまして……」

茂兵衛が言い訳するように言った。それで主人みずから、戸の閂を抜いたのだろう。が、そんなことより患者が先だ。

「して、患者は？」

梨庵が促す。

「どうぞ、こちらへ」

駿と梨庵は二階へと通される。何も言わず、左近も後をついてきた。

「娘の多恵（たえ）でございます」

茂兵衛が障子を開ける。

通された部屋には、女が床を敷いて寝ていた。年の頃は二十五、六歳だろうか。雪白の肌が高熱に紅潮している様が痛々しい。

一緒にいるのは女中だろう。齢十六、七の娘が枕元で膝を折っていた。

「お多恵さん。加減はどげんかこつ」

部屋に入るなり、左近が心配そうに多恵に語りかける。が、よほど熱が高いのか、多恵は虚（うつ）ろな視線を彷徨（さまよ）わせながら、小さく掠（かす）れた声で「はい」と言っただけだ。

「沸かした湯を手桶に支度してください」

梨庵が茂兵衛に言った。茂兵衛が目配せすると、女中が弾かれたように立ちあがって部屋を出ていった。

「失礼ですが、その昔に杉坂鍼治学問所におられた、あの梨庵先生でございますか」

茂兵衛が梨庵の顔を覗き込むようにして尋ねる。

「あの梨庵がわたしかどうかはわかりませんが、杉坂鍼治学問所にいたことがある梨庵というのは、恐らくはわたしくらいなものだと思います」

もしかしたら茂兵衛は、梨庵が江戸所払いになったことを知っているのかもしれない。

駿は身構えて、茂兵衛の次の言葉を待った。が、茂兵衛は、

「鍼にかけては江戸一と謳われた梨庵先生に往診していただけるなんて、まことにありがたいことでございます」

畳に膝を折ると、両手をついて頭をさげた。

駿は、フーッと息を吐いて、胸を撫でおろす。

「お多恵さんを診させていただいてよろしいかな」

「お願いいたします」

「それで、お多恵さんの具合について、教えていただこうか」

梨庵が茂兵衛に尋ねた。

「朝から熱が引きません。食べたものもすべて戻してしまいます」

「他には？」

しばらく悩んでいた茂兵衛が、

「知っていることはあるかい」

湯の入った手桶を持って戻ってきた女中に訊く。

「お嬢様は胸や腹が痛いと申されていました」

手桶を置いた女中が答えた。

　梨庵が羽織を脱ぐと、多恵の枕元に膝を折る。駿も道具箱を置いて梨庵に倣った。

「先生。はよ、やっちくりょう」

　左近が心配そうに声をあげる。

「いきなり鍼を打てるものではない。まずは診察をします。後はわたしと弟子でやりますので、みなさんは外していただけませんか。お多恵さんも、そのほうがよいのではないかな」

　梨庵が左近に向かって言った。

　左近は、初めは梨庵に言われたことの本意に気づかなかったようだが、すぐに耳まで赤くして、

「こ、これは失礼つかまつった。おいは下の部屋で待っちょいもす」

　そそくさと部屋を出ていこうとする。が、振り返ると障子を閉めながら、

「先生。お多恵さんを助けてたもんせ」

　そう言って深々と頭をさげた。

　思った通り、よい人のようだ。駿はほくそ笑む。

　茂兵衛も膝を起こし、女中だけが部屋に残った。

「では、はじめるとするかな。お多恵さん、わたしの言っていることがわかるか」

梨庵が話しかける。多恵は薄らと目を開け、わずかに顎を引いた。

「これから躰に触れることになる。よろしいかな」

「お願いします」

多恵は、今度はしっかりと目を開けて、再び首肯する。

梨庵に指示され、駿は多恵の着物の帯を解いていった。

道具箱から、かあるてと矢立を取り出す。

梨庵が多恵の手を取り、脈を診る。首筋や胸、腹、腰に触れ、手足の浮腫みを調べる。

この三日ほどの食事や眠りの深さなどを丁寧に尋ねた。

初めは眠っているようだった多恵が、少しずつはっきりと受け答えをするようになった。

駿は、かあるてに梨庵の治療のすべてを記していく。どのような些細なことでも、見落とさないように気を配った。

「かあるてを書いておるのか」

「見えているのですか」

「見える訳がなかろう。それくらいのことは、気配で察することができる」

本当だろうか。いつも思うのだが、梨庵は実は目が見えているのではないかと疑いたくなる。

「かあるてをご存じなのですね」

「俺を誰だと思っているのだ」

「すみません」

「間市殿から教えてもらったのだろう」

「えっ」

「かあるてのことだ」

「はい。西川先生の往診の供をしながら、かあるてについて学びました」

「俺なのだ」

梨庵が、さも愉快そうに口角をあげた。

「どういうことですか」

「万物は流転しておる。人の躰も同じだ。人の営みのあらゆることが、病の治療に繋がっている」

「それって……」

「俺が間市殿に教えてやったことだ」

「西川先生は、長崎帰りの蘭方医から教えてもらって自分でもつけるようになったとおっしゃっていましたよ」

「彼奴(あやつ)は、そういうところがある。つまらんところで見栄(みえ)を張るのだ」

いつも軽口を叩いている梨庵と、見栄っ張りの間市だ。どちらが本当のことを言っているのか、駿にはわからなかった。

どちらの言っていることが正しいにせよ、かあるてが治療に役立つことは間違いない。

「お多恵さん。今からおまえさんに何本か鍼を打つ。それで明日になれば熱もさがり、食気も戻るだろう。鍼は怖くないいな」

「大丈夫だと思います」

「では。何日かして歩けるようになったら、わたしの治療院まで来てくれるかな。この先のことについて、ちゃんと話をしておきたいから」

「はい。わかりました」

駿は、梨庵に鍼をわたしていく。

梨庵が多恵の肌に鍼を打った。

多恵の治療を終えると、駿は鍼を清めてから、かあるてとともに道具箱にしまった。

梨庵に羽織を着せ、手を取ると、足下をたしかめながら急な階段を降りていく。

「先生。かたじけなか」

梨庵の姿をみとめると、左近が駆け寄ってきた。

「お多恵さんは眠っていますよ。明日には熱もさがるでしょう」

梨庵が笑顔を見せると、茂兵衛は胸を撫でおろしたように穏やかな顔を見せる。

が、左近のほうは、それでも心配なようで、

「ばって、顔色が透けたように真っ白で、まっこと心配ごわ」

梨庵に訴えてきた。

「血のめぐりをよくする鍼も打っておきました。兎にも角にも、ゆっくりと眠ることです」

「まこち、おやっとさぁ」

ようやく気持ちが落ちついたようだ。

何を言っているのかよくわからないが、礼を言っていることは伝わってくる。

「ところでつかぬことを訊きますが、お多恵さんの母上は、どうされたのですかな。差し支えなければ、教えていただけませんか」

梨庵が茂兵衛に尋ねた。

娘が寝込んでいるのに、母親の姿が終ぞ見えなかった。駿も気になっていたことだ。

「あの子の治療に役立つのでございましょうか」

「恐らくは……」

「多恵の母は、あの子を産んですぐに亡くなっています。元々、躰の弱い女でしたから、お産に耐えられなかったのだと思います」

茂兵衛が答える。

「そうですか」

それだけ言うと、梨庵は口を噤んでしまった。

四

暮れ六つの鐘が鳴っている。

治療院の後片付けをしていた駿は、手を止めて鐘の音に耳をすませた。

藤屋の多恵を治療してから、すでに五日が過ぎていた。

「お多恵さん。今日も来ませんでしたね」

袴の裾をめくって、ボリボリと脹脛を搔いている梨庵に向かって声をかけた。

「そうじゃな」

「気の抜けた返事ですね」

「若い女子だけに迷いも尽きぬであろう。でも、そろそろではないか」

「そろそろって、何がですか――」

梨庵に問いかけた言葉が言い終わるか終わらぬかというちに、閉めたはずの戸を、トントンと控えめに叩く音が聞こえた。

「はい。どちら様でしょうか」

駿が応じる。が、梨庵が、

「お多恵さんであろう。開けてあげなさい」

顎をしゃくった。

駿は戸を開けた。言われた通りに、多恵が立っていた。すぐに中に招き入れる。

「先日はありがとうございました」

父親の茂兵衛も小柄だったが、多恵はさらに華奢（きゃしゃ）な躰をしていた。強い風が吹けば、手足が折れてしまいそうなほどだ。

「どうぞ、おあがりください」

治療で使っている奥の畳の部屋に招き入れる。

「あれから、躰の具合はいかがかな」

膝を折った多恵に、梨庵が尋ねた。駿はその間に、土間の竈にかかっている鉄瓶の湯で茶を淹（い）れた。

「先生に鍼を打っていただいたおかげで、すっかり具合がよくなりました」

盆に載せて、二人分の茶を運ぶ。多恵と梨庵の前に置いた。

気配を察した梨庵が、ゆっくりと手を伸ばし、湯呑みに手を触れる。慣れた手つきで茶を啜（すす）った。

「うむ。美味い茶だ。駿は軽井沢宿の評判の団子屋で働いていたことがあるんです。茶を淹れることにかけては、そんじょそこらの水茶屋に負けちゃいない」

滅多に梨庵に褒められることはない。茶を淹れることは、数少ないそのひとつだ。勧められて、多恵が湯呑みを手に取り、そっと口をつけた。

「本当に美味しいです」

「茶を飲むと、心持ちが安らかになる。少しは気がほぐれたかな」

多恵が膝の上で手にした湯呑みに、静かに視線を落とす。ゆっくりと盆の上に湯呑みを置こうとする手が、かすかに震えていた。

「やはり、わたしのお腹（なか）には赤子がいるのですね」

多恵の問いかけに、梨庵が寸分の迷う様子もなく頷いた。

「そちらは産婆の領分ではあるが、わたしの見立てでは間違いないだろう」

やはり、多恵は身ごもっていたのだ。

多恵の治療に立ち会った駿も、口にはしていなかったが同じ見立てをしていた。が、改めて梨庵の口から聞くと、事の重さを感じる。

「ああっ、どうすればよいのでしょうか」

多恵が両手で顔を覆って泣きはじめる。小さな肩が揺れる姿が痛々しくて見ていられなかった。

「お父上は、ご存じなのかな」

梨庵の言葉に、多恵が力なく首を横に振る。

「では、赤子の父親は、川田殿かな」

少し迷ったあげく、多恵は再び首を横に振った。

梨庵もわかった上で尋ねている。往診に呼ばれたときの様子を思えば、多恵が身重なことを茂兵衛や左近が知っていたはずがない。

「医者の仕事は患者の病を治療することだ。ところが、ここにいる駿は、困っている人を助けるために医者になりたいと言って、わたしのところへ来た。わたしも故あって、一度は医者の道を捨てようかと思ったこともあったのだが、駿と出会ったことで、今でもこうして患者に向き合う仕事をしている……」

多恵が顔をあげた。梨庵が言葉をつづける。

「……医は仁術だと、駿に教えたのはわたしだった。だが、今は駿から医は仁術であること、日々学んでいるところだ」

師匠である梨庵が、そんな風に思っていてくれたことが嬉しかった。

同じような腕の立つ医者に師事していても、間市と梨庵では患者への向き合い方が月と泥亀ほどに違う。

「医は仁術ですか……」

梨庵の言葉を、多恵が噛み締める。

「できることがあれば、お多恵さんを助けたいと思っている。わたしたちに話してみないか」

梨庵がツボに鍼を打っていくように、一語ずつ心を込めて言葉を伝えているのが、駿にもよくわかった。

梨庵は高い治療代を払えるか否かではなく、困っている患者がいれば、心から向き合おうとしている。梨庵の弟子になって、心からよかったと思った。

「どこからお話しすればよろしいでしょうか」

梨庵の思いが通じたのか、多恵がまっすぐに梨庵を見つめる。

「話せるところから話してください」

駿も居住まいを正した。

「藤屋は父の茂兵衛が三代目になる老舗の砂糖問屋で、小さいながらも和菓子屋や水茶屋などのたくさんの得意先を抱えて商いをしてまいりました。娘のわたしが言うのもあれですが、父は真面目だけが取り柄のような、しがない商人です。それでも、父を信じて取引してくださるお客様がいて、本当にありがたいことでございます」

「よいお父上ですね」

駿は一度しか茂兵衛に会っていないが、多恵の話には頷けるものを感じる。如何にも人のよさそうな茂兵衛の顔が思い出された。

――団子屋が売るのは、団子ではない。

駿が軽井沢宿の団子屋で商いを手伝ったときに、幼馴染みの涼が教えてくれたことだ。藤屋の茂兵衛も、きっと砂糖の先にある客の幸せを思って商いをしてきたのだろう。

「ありがとうございます。わたしは早くに母を亡くしておりました。この数年はわたしが母の代わりに藤屋の女将(おかみ)として、父や番頭さんを手伝っておりました。近頃ではわたしに任せていただいている得意先も増え、いずれは婿に来ていただいて藤屋を守っていこうなどと気の早い話も出ていたほどです」

「お多恵さんも、みんなから頼られていたんですね」

「商いも滞りなく広がっておりました。先代の頃は大坂の唐薬種問屋からの高価な唐紅毛糖の仕入れが商いの大半だったのですが、父の代になりまして、島津家より薩摩黒糖のお取引をいただけることになりました」

梨庵が腕を組むと、

「高価な黒糖とはいえ、唐紅毛糖に比べれば値も手頃だ。江戸のお客も喜んだのではないか」

多恵にたしかめるように言った。

「その通りでございます。藤屋としても利が大きいということもあり、薩摩蔵屋敷に足繁く通わせていただきました」

　蔵屋敷とは大名家が年貢米や領内の産物を商人を通じて他国に売るために、藩によって大坂や江戸に置かれたものだ。さらには藩主が参勤交代で江戸に向かう折りは、宿泊のための御殿も設けられた。こうしたこともあって、蔵屋敷の役人は藩内でも大きな力を持つことが多いという。

　これも武士に取り立てられて、川越藩松平家の勘定方の役人になった幼馴染みの涼から教えてもらったことだ。

「それで川田殿と親しくなられたのだな」

　梨庵が左近の名をあげたとき、多恵の頰がほんのりと赤らんだように見えた。

「川田様は薩摩蔵屋敷で黒糖の商いを御役とされる樺山（かばやま）様のご家来で、藤屋を受け持っていただいておりました」

「川田殿から何か話はあったのかね」

　梨庵の問いかけの意図することを察したのか、今度は間違いなく多恵の頰が桜色に染まる。

「川田様のお気持ちは、お伝えいただいておりました」

「好いていると言われたのですね」

　多恵が小さく頷き、すぐに首を左右に振った。

「はい。でも、大藩で江戸詰めの大役を担われるお武家様と商家の娘では、身分が違います。身に余ることだと、お返事をさせていただきました。それが半年ほど前のことになります」

「断ったのだな。それで川田殿は納得されたのですか」

「いいえ。考え直してほしいと言われました」

それはそうだろう。左近の様子を見れば、とても諦めたようには思えない。

「それで?」

「ですが、それどころではなくなったのでございます」

「何が起きたのだ?」

「島津家より黒糖の取引を止めるとのお達しがございました。あまりに急なことでした。当家は父の代になって、すでに唐紅毛糖や和糖の取り扱いから手を引いておりました。いきなり薩摩黒糖が仕入れられなくなったら、お客様にご迷惑をかけるばかりでなく、三代つづいた藤屋も分散(倒産)に追い込まれることは間違いございません。奉公人たちを路頭に迷わせることになります。そうなれば、父は大川に身を投げるとまで申しておりました」

多恵が深く溜息を吐く。

「川田殿がいて、どうしてそのようなことになったのだ」

「川田様は何もご存じありませんでした。取引を止めるとのお達しは、川田様の上役である樺山様より出たものでした」

「急にそんなことを言い出すなんて、酷いじゃないですか」

黙って聞いていられなくなって、駿は憤りを口にした。

「わたしどもに落ち度があれば、如何様なことでも改めさせていただきます。どうかお取引をつづけていただきたいと、父は何度も薩摩蔵屋敷に足を運びました。でも、樺山様にはお取り次ぎさえいただけず、門前払いばかりでした。川田様も樺山様に掛け合ってくださいましたが、聞く耳を持っていただけなかったようです」

「それでどうなったのですか」

駿は身を乗り出す。

「樺山様が湯島の料理茶屋でお食事を召されるので、その席であれば一度だけ話を聞いてやってもよいと、中間を使いにくださりました。ただし、席にお呼びいただけるのは、父ではなくわたし一人とのことでございました」

「お多恵さんが一人で来るようにとのことだったんですか」

梨庵の表情が強張った。

「宴席に生真面目な父では無粋でございます。酒食の相手ならば女子のほうがよいのだろうと、わたしが伺うことになりました」

「一人で行ったのか」

「どうしても、お話を聞いていただきたくて。藤屋の命運がかかっておりました。でも、それが間違いでございました。料理茶屋には樺山様の他にはご家中の方は誰もおらず、力ずくにて……」

多恵の頰を涙の滴が流れる。

「……それから月に一度、樺山様は中間を使いに寄越されるようになりました。黒糖のお取引は変わらずにつづけていただいております」

「そんな酷いこと、許せません！」

駿は、声を荒らげた。

「許せないから、どうすると言うのだ」

梨庵に問われる。

「どうするって……」

黒糖の商いを人質に取っての非道な行いだ。断じて許すことはできない。でも、多恵のためにどうするべきなのか、駿にはわからなかった。駿は拳を固く握り締める。

多恵が懐から取り出した懐紙で涙を拭うと、

「田村先生。中条流のお医者様をご紹介いただけないでしょうか」

梨庵に問いかけた。

中条流の流派の医者は、分娩に先立って母胎に手を加え、堕胎を引き受けている。

「それでよいのかね。お腹の子に罪はないぞ」

「わかっております」

「それにお多恵さんの細い躰では、中条流に耐えられないかもしれない。母子ともに命を落とすことになるやもしれぬ」

それで茂兵衛に多恵の母のことを尋ねていたのだ。多恵の母は産後の肥立ちが悪くて亡くなっていた。

「覚悟はできております」

多恵がきつく口元を引き締める。

「川田様にお話しされてはいかがでしょうか」

駿は訴えた。左近は多恵を好いている。左近だったら、きっと力を貸してくれるはずだ。

「川田様は藤屋のために、本当によくしてくださいました。でも、川田様にだけは、知られたくありません。あのお方を、このようなことに巻き込みたくないのです」

薩摩隼人は日の本一、気性が荒いと聞く。いくら温厚な左近といえども、激高して刀を抜くかもしれない。事によっては、樺山を斬りかねない。多恵はそれを案じているのだ。

「でも、このままでは――」

「川田様には黙っていてください。お願いします」

多恵が両手を揃え、畳に額を擦りつける。その小さな肩が、ずっと震えつづけていた。

五

「先生。どうするおつもりですか」

駿は夕餉を取りながら、梨庵に尋ねた。

「なんのことだ」

梨庵が鰈の煮付けを、器用に箸でほぐしている。

こういう姿を見ていると、本当に目が不自由なのか疑いたくなる。山村育ちの駿よりも、梨庵のほうがよほど上手に魚を食べた。

鰈は棒手振りが売れ残りだと言っていたものを、安く買い求めたものだ。江戸は元々魚がよいのだが、藤屋から分けてもらった黒糖を使って煮付けたら、目が飛び出るほどに美味くなった。

「なんのことって、藤屋のお多恵さんのことに決まっているじゃないですか」

涼桜堂に多恵がやってきてから、すでに三日が経っていた。

「ああ、そのことか」

「何を呑気なことを言ってるんですか。まさか、中条流を紹介するつもりじゃないでしょうね」

駿は眉間に皺を寄せると、音を立てて箸を膳に置く。

「では、どうするつもりだ。放っておけば、いずれ腹は膨れてくるぞ。茂兵衛殿にも川田殿にも言い訳が立たなくなる」

「それはそうかもしれないですけど……」

「おまえだって、どうしてよいのかわからないのであろう」

「でも、医者の仕事は患者の命を助けることです。赤子の命を奪うのは、医者の仕事ではありません」

「医者の仕事か……」

「そうですよ」

「駿が前に話してくれた、お駒さんの話だが……」

新川の老舗酒問屋の緒川屋の主人徳兵衛が、吉原の花魁だった駒を身請けして、浅草の妾宅に囲った。

やがて子が生まれて竹丸と名づけられたのだが、駒の躰が弱かったこともあり、五歳になると緒川屋に奉公に出されることになった。

だが、徳兵衛の妻は竹丸を引き取るにあたり、徳兵衛に無理難題を押しつけた。それは竹丸には、母親は死んだと伝えることだった。

大店の女将として、妾の子を引き取るにあたり、女としての意地だったのかもしれない。駒はすべてを受け入れた。

それから二年が経ち、寝たきりになっていた駒の命は尽きようとしていた。駒は最後に一目だけでも竹丸の姿を見たいと願う。

駿は間市に頼み、駒が歩けるようになるツボに鍼を打ってもらうことにする。それは燃え尽きる前の蠟燭が、一際激しく燃えるようなもので、駒の命を縮めてしまうものだった。

「……あれでよかったと思うか」

問いかける梨庵の声は優しい。

「わかりません。今でも思い出しては悩むことがあります」

「床から起きることさえできなかったお駒が、どうして立ちあがり、歩くことができたのだろうな」

梨庵が尋ねてくる。

「それは西川先生の鍼のおかげですよね」

人として相容れないものがある間市ではあるが、医者としての腕は間違いないものがある。

「間市殿の鍼だと？」

「やはり西川先生は名医かと」

悔しいが認めざるを得ない。

「医者は神でも仏でもない」

「それはそうですけど」

「立ちあがるどころか、起きあがることさえできなかった者を歩かせる鍼などないわ」

梨庵がきっぱりと言い切った。

「えっ？　それはどういうことでしょうか」

「お駒さんが歩けたのは、鍼を打ったからではなく、死ぬ前にどうしても愛する我が子に一目会いたいという母の強い思いがあったからだ。間市殿の鍼は、それを助けたに過ぎぬ」

「西川先生の鍼のおかげじゃなかったんですか」

「当たり前だ」

「でも、西川先生は、鍼を打ったからだって言ってました」

「俺には遠く及ばぬながらも間市殿ほどの医者だ。それくらいのことはわかっていたはずだ。駿に言わなかっただけだ」

「そうだったんですか」

間市には、何度騙されたかわからない。

駿は鰈の煮付けを頬張った。美味しかったはずの煮付けの味がよくわからない。

梨庵が、ズズズッと音を立てて、蜆の味噌汁を啜った。

「医者だからといって、何も鍼を打つことばかりが人助けではないということだ」

梨庵が箸を置く。

末期の水を待つばかりだった政五郎が、活き活きとして信吉の大工普請を指図していた姿が目に浮かぶ。

――鍼を打つことばかりが人助けではない。

梨庵の言葉が胸に刺さった。それでも今の自分に何ができるのか、いくら考えてもわからない。

多恵を助けてやりたい。困っている人を助けたいのだ。

駿は茶碗に残った白米をじっと見つめつづけた。

夕餉を終えて後片付けをしていると、戸を叩く者があった。

駿は顔をあげる。

酷く慌てているのか、板戸が壊れるのではないかと心配になるほど激しく打ち叩かれた。駿は戸を開ける。

「こないな夜分に、申し訳あいもはん」

やってきたのは川田左近だった。

叩かれる戸の音を聞いたときから、なぜか左近のような気がしていた。

「どうされたんですか」

「梨庵先生はご在宅でごわすか」

左近の表情が能面のように強張っている。先日の穏やかな表情とは打って変わり、まるで別人のように見えた。

「どうぞ、おあがりください」

左近を奥の畳の間に案内し、すぐに二階の梨庵を呼びにいく。

「川田殿が来たか」

「わかりますか」

「あれほど大声で叫べば、一里（約四キロメートル）先でも聞こえるわ」

大袈裟ではあるが、たしかに左近の声は大きかった。

「先日とは様子が違うようです」

「何かあったか」

「恐らくは、そうだと思います」

「然りとて、会わぬ訳にはいくまい」

「よろしいのですか」

左近の様子は尋常ではなかった。鬼気迫るものを感じる。梨庵の身が心配だった。

「うむ。取って食われることはあるまい。話を聞くことにしよう」

梨庵の手を取って、階段を降りる。

「川田殿。いかがなされた」

梨庵が膝を折るか折らぬかというちに、左近が膝行して近づいてきた。

駿は梨庵の隣に座る。

「梨庵先生。話を聞かせてたもう」

左近の顔は、怒っているようにも泣いているようにも見えた。

「お多恵さんのことですな」

「知っちょることを教えていただきたか」

左近が角張った大きな顔を梨庵に近づける。

目の不自由な梨庵は気にならないようだが、隣に座る駿は、あまりの迫力に腰が引けそうになった。

「わたしは医者です。怪我や病を治療し、患者を助けることを仕事としている。困っている患者の意に沿わぬことは、口が裂けても申し上げることはできません」

梨庵が穏やかに、それでいて強い威厳をもって言葉にする。日頃の戯けた調子者からは窺えぬ顔だ。

「おいは、お多恵さんを好いちょりもす。命を懸けて幸せにしとうと思いもす。その思いには一片の偽りもござらん」

「なるほど、命を懸けてと申されますか」

「おいの言葉を疑いなさるか」

「そうではないが、人の言葉ほど当てにならぬものはないですからな」

「よか。おはんに、おいの心のうちをお見せ申そう。嘘か誠か、おいの腸を掻っ捌いて、よっく見てもらおう」

左近が着物の前を大きく割り、腹を見せた。つづいて脇差を鞘から引き抜くと、逆手に持ち替えてから梨庵の前に置いた。

「さあ、気の済むようにやっちくい」

灯明の光を受け、鋭い刃が白銀に輝く。

「わたしに川田殿の腹を捌けと？」

梨庵にも左近が脇差を抜いた音は聞こえたのだろう。

「掻っ捌いて見た後で、梨庵先生が縫い合わせておいてたもんせい。もしも、おいが死んだとて、なあんも文句は言いもわさん」

「生憎とわたしは蘭方医ではなく、鍼灸医でございましてな。鍼は打っても、刃物は使い慣れておりません。それに目が不自由でございまして、川田殿の腹を掻っ捌いても、腸が黒いか赤いかを見ることがかないません」

梨庵は目元に笑みさえ湛え、少しも動じることなく言い放った。

駿は、薩摩武士の心意気の激しさに度肝を抜かれたが、それを真っ向から受けて立った梨庵の度胸にも恐れ入った。自分は息を呑んで、身動きひとつできなかった。

「これは、申し訳なか」

左近が脇差を鞘に納めると、深々と頭をさげる。

「いや、詫びるには及びません。目が見えぬ代わりに、耳は他の人よりもよく聞こえるものです。川田殿の声を聞けば、お多恵さんへの思いが本物であることはわかります」

「かたじけなか」

左近が梨庵の両手を取って頷いた。目からは涙が溢れている。

まっすぐな男だ。

多恵のことになれば、本当に躊躇いなく命を投げ打つ覚悟を持っている。駿の目で見ても疑いの余地はない。それだけに事の成り行きが心配だった。梨庵はどうするつもりなのだろうか。

「川田殿は何故、こちらへ来られたのか」

意を決したように、左近が語りはじめる。

「藤屋茂兵衛殿からお多恵さんのことで、話をもらいもうした。月に一度、お多恵さんが行き先も言わずに一晩、家を空けちゅうことたい。茂兵衛殿はお多恵さんを案じておりもす」

「それで川田殿は、いかがなされたのか」

「今日がその月に一度の日っちゅうことで、茂兵衛殿から使いばもろうたでごわす。おいは、お多恵さんの後をつけたのですが、湯島の料理茶屋に入っていかれもした」

「そこで川田殿は何を見たのですか」

駿は、ゴクリと唾を飲んだ。

「お多恵さんに少し遅れて、樺山様が店に入っていかれもした。これは、どげんことか。梨庵殿、教えてほしか」

「それをご覧になられて、ここへ来られたのですね」

「お多恵さんが具合ば悪くなったとき、梨庵先生が話を聞かれたと。もしかしたら、何か知っとるのではなかかと」

左近は何かを察したのだろう。そして、それは的を射ていた。

「お多恵さんは、川田殿には黙っていてほしいと願っておられた。それはお多恵さんが川田殿のことを本気で案じておられるからです。そのお多恵さんの気持ちを知っても、すべてをお聞きになりますか」

梨庵が口元を引き結んだ。

「おいは、お多恵さんのことを、命を懸けて幸せにしとうと思うちょりもす。何を聞いても、その気持ちが変わることはなか」

左近の言葉に、梨庵が居住まいを正した。

「駿。どうするか、おまえが決めなさい」

梨庵が駿に向かって言った。

「わ、わたしが決めるのですか」

「そうだ。おまえが人助けがしたいと言って、俺を江戸に連れ帰ったのだ。俺はおまえの強い思いに触れて、涼桜堂を一緒にやろうと決めた。涼桜堂が如何に患者と向き合っていくのかは、おまえが決めろ。俺はそれに従う」

そう言われても、どうしていいのかわからなかった。

多恵のことは助けたい。だが、多恵は左近にだけは知られたくないと思っている。それは多恵も左近のことを好いているからだろう。どうすれば多恵の思いに応えることができるのだろうか。

善右ヱ門のもとを去ったおりんや一郎兵衛のもとへ帰った茜のことが脳裏をよぎる。思い人を大切にしたいから、離れるという道を選ぶこともあるのかもしれない。

多恵も左近の恋心を拒もうとしている。でも、それは多恵の本意ではないはずだ。

「お多恵さんを助けられるのは、川田様しかいないと思います」

駿は、はっきりと梨庵に向かって言った。

梨庵が頷くと、左近に向き直る。

「わかりました。すべてをお話しいたしましょう」

梨庵が言った。

このままでは多恵のお腹の子はもちろん、多恵自身の命も危うかった。医術は多恵のお腹の子を殺すことにしか使えないのだ。どうしても、多恵を助けたい。それには左近の力を借りる他ない。

「樺山様が藤屋に黒糖を卸さないと言い出されたことはご存じですね」

梨庵が話しはじめる。

「知っちょいもす。半年ほど前に急に言い出されたことじゃが、その話はなかったことになったはずたい」

梨庵が首を振った。

「樺山様がお多恵さんを呼び出して、力ずくで手籠めにされたそうです。それからというもの、毎月、お多恵さんのことを呼び出しているそうです」

「では今宵も、あの料理茶屋で……」

左近の顔が死人のように真っ青になっている。

「黒糖の取引を止められれば、藤屋の商いは立ち行かなくなります。店は分散に追い込まれ、奉公人は路頭に迷い、茂兵衛殿は大川に身を投げることになるかもしれない。お多恵さんは茂兵衛殿にも言えず、一人で苦しんでいるのです」

「知らんやった」

「お多恵さんは身ごもっています」

「そげんこつ」

「悩み、苦しんで、お多恵さんは赤子を流すつもりでいます」

「おいのせいたい。樺山様は、おいがお多恵さんのことを好いちょったことを知っていて、それでこげな酷いことをされたんじゃ」

左近が右手で拳を握ると、つづけて畳に叩きつけた。涙が頬を伝い、畳の上に落ちる。

「どういうことですか」

「薩摩には、一日兵児ちゅう言葉がありもす」

「なんですか」

「ひしてへこです。一日は武士で、一日は百姓ということです。樺山様のような城下士にとって、おいのような郷士は侍ではなかと」

「川田殿が侍ではないと……」

「おいなど、人間でもないっちゅうことたい」

それから左近が、薩摩武士について語りはじめた。

今からおよそ二百年前。天下人豊臣秀吉の没後、徳川家康率いる東軍と石田三成率いる西軍が、天下を分ける大戦を行った。世に言う関ヶ原の戦いである。

この戦いに勝利した家康公が江戸に幕府を開くことになるのだが、薩摩の島津義弘は負けた西軍に参戦していた。

関ヶ原の戦いで敵中突破をして薩摩まで逃げ帰った義弘は、その後の家康公との交渉において、薩摩・大隅・日向の一部であった本領を安堵され、島津家は外様大名の薩摩藩として生き残っていくことになる。

徳川将軍家による天下静謐が成されても、薩摩藩は徳川幕府との戦の備えを怠らなかった。豊臣家が家康公によって滅ぼされていくのを目の当たりにした外様の大藩としては、次は当家が狙われるという思いを拭うことができなかったのだ。

一国一城令によって諸大名が居城を除くすべての城を破却する中で、薩摩藩は百三十箇所にもおよぶ外城を設けた。

島津氏の居城を内城として城下町を作り、ここで暮らす家臣を城下士とした。

一方で、領地の外郭を守るために各地に設けられた外城に暮らす者を郷士とした。

この外城を設けたために、薩摩藩は他藩に例を見ないほど多くの武士を家中に抱えることになったのだ。が、それほど多くの武士を食わせる金などない。

数の上ではおよそ一割の城下士たちが俸禄の七割を受け取り、およそ九割の多数を占める郷士たちは残り三割の俸禄を分かち合った。

城下士たちの俸禄は八十石ほどであったが、郷士たちは一石にも満たない者がほとんどだった。

郷士は俸禄だけではまともに暮らすことができず、貧しい半士半農として自給自足の生活を強いられることになった。

これが左近が口にした「一日兵児」である。

武士といっても身分は天と地ほどに差別された。

城下士は郷士の態度に気に入らないことがあれば、一刀の下に斬り捨てても、紙切れ一枚を出すだけで許されることになっている。郷士の命の重さなど、あってないようなものだった。

「樺山様は城下士で、おいは郷士たい。同じように江戸詰めで薩摩蔵屋敷に勤める役人とはいえ、樺山様から見れば、おいなど犬畜生にも劣ると思われちょいもす」

駿は左近の話に驚く。

武士といっても、薩摩ではこれほどの身分の違いがあったのだ。

樺山が多恵を弄んでいるのも、郷士の分際で江戸詰めの御役を認められた左近への嫌がらせだったのだ。

「武士道も士魂もなか。おいは樺山様を斬る」

左近が目を真っ赤にして、歯を食いしばる。

薩摩武士は示現流の使い手が多いと聞く。駿も日ノ出塾で剣術を学んでいたので知っているが、「一の太刀を疑わず」として初太刀からすべてをかけて必殺の斬撃をするのが示現流だった。左近も己の命を顧みずに刀を抜くのだろう。

「死ぬ気ですか」

駿は左近に向かって叫んだ。

「おいの命など、惜しむものではなか」

「お多恵さんは、そんなことを望んでいません」

「おいは、お多恵さんのことを、命を懸けて幸せにしとうと思うちょりもす」

三度、左近の口から多恵への思いが繰り返された。

「だからって……」

駿は言葉に詰まる。

左近は刀を右手に摑むと、勢いよく立ちあがった。

「お待ちください。早まらないで！」

駿は左近を止めようとする。だが、左近は駿の手を振り切り、夜の町へ駆け出していった。

「おぎゃーっ」

左近の腕の中で赤子が泣いた。

「おおっ、よしよし。おしんはいい子だな」

太い腕の中で赤子が揺れる。父のあやし方が慣れているのか、赤子はすぐに泣きやんだ。

生まれてまだ三月だが、母親に似て美人になりそうな愛らしい赤子だった。

「お多恵さんの具合はいかがかな」

おしんの様子を見せに涼桜堂に寄ってくれた左近に、まるで孫に会った爺さんのような笑顔で梨庵が問いかけた。

「おかげさんで、もう元気に仕事をしちょりもす」

「それはよかった。でも、あまり無理をさせてはならんぞ」

ひょっとこのように顔を歪めた梨庵の顔を見て、おしんが笑い声をあげる。

みんなが笑顔に包まれた。

薩摩蔵屋敷で黒糖の卸売りを御役としていた樺山が、酒に酔った夜道で辻斬りにあって落命してから、もうすぐ一年になろうとしていた。下手人は見つかっていない。

左近から聞いた話によれば、樺山は幾つもの砂糖問屋から多額の賄を受け取って私腹を肥やすなど、死後に次々と汚職が明るみに出たそうだ。

薩摩藩としても、樺山の死の真相について、もはや追うつもりはないようだ。幕府に事が漏れる前に、すべてを闇に葬りたいのだろう。

樺山を斬ったのは、左近なのだろうか。少なくとも駿はそう思っている。駿は幾度となく問い詰めたが、左近はいつも曖昧に首を振って笑うだけだった。

左近は名字と刀を捨て、町人になった。

脱藩は重罪だと聞いていたが、左近が咎めを受けることはなかった。名もなき郷士が一人くらい消えたところで、薩摩藩のような大藩では取るに足らないことなのかもしれない。もっとも、本当のところについては、左近は口を噤んでしまった。

樺山に怨みを持つ者は、薩摩藩の中で少なくなかったそうだ。もしかしたら、何か大きな力が働いたのかもしれない。

左近は藤屋の奉公人となり、多恵が産んだ子の父親となった。

「薩摩は悪いところばかりではなか。おしんにも、いつか桜島(さくらじま)を見せてやりたか」

どのようないきさつがあったにせよ、藩を抜けた左近が、生きて薩摩の土を踏める日が来るとは思えなかった。

駿は、それでもいつか、左近の思いがかなうと思いたかった。

「わたしも桜島を見てみたいです」

「おう。おはんらも来てたもう。桜島は日の本一の美しい山たい」

左近の腕の中で、おしんが声をあげて笑った。

第四章

医は仁術

一

畦道を歩いていると、実った稲の穂に赤蜻蛉が翅を休めていた。

東橋（吾妻橋）をわたって大川の向こう側へ出ると、町は別世界のような賑わいを見せる。

駿は浅草寺にお参りに来た。

寛政五年（一七九三）文月十日。浅草寺では毎月一度、功徳日がある。功徳日に参拝すると百日分の功徳があるなどとされるが、とりわけ七月十日は「四万六千日」と呼ばれ、一生分の御利益があるとされる縁起のよい日だ。

米一升が四万六千粒であることと、人の一生をかけているといわれる。もっとも、四万六千日は年数にすれば百二十六年だから、人の一生であるというのもあながち間違いではない。

この七月十日に浅草寺では、ほおずき市が開かれた。

ほおずき市は、武家の棟梁　源　頼朝が奥州征伐からの帰路において、疲れた兵たちを癒やすために、赤く熟したほおずきの実を食べさせたことに由来するという。

江戸の世の今でも、ほおずきを煎じて飲むと大人は癇癪が治まり、子供は腹の虫がおさえられると信じている人たちがいた。

もちろん、医者である駿は、それが迷信に過ぎないとわかっていた。実を食べて腹をくだすことはあっても、病が治ることなどない。

「綺麗ですね」

縁日には、真っ赤なほおずきの鉢植えが並んでいた。屋台の軒下に吊された風鈴が、涼やかな音色を奏でる。

「やだぁ、駿たら。わたしの浴衣姿がそんなに綺麗かしら」

咲良が縹色の地に藤の花が描かれた浴衣で、両手を頬に当ててはにかんだ。橙色の帯が目に飛び込んでくる。

「い、いや、ほおずきのことですよ」

「そうなのよ。この帯はほおずきの色に合わせたの」

「似合っていると思います」

「美人は何を着ても綺麗って言いたいのね。駿は、本当に正直者ね」

咲良はいつになく上機嫌だ。

駿は、隣を歩いている新太郎と顔を見合わせてしまった。

浅草寺のほおずき市に、駿は咲良と新太郎と惣吾と四人で来ていた。

いつにも増して、たくさんの人通りだった。行き交う人が多くて、すれ違うこともままならないほどの賑わいだ。

「駿。焼きとうもろこしを食べようぜ」

惣吾が、立ち並ぶ屋台に目移りしている。

「惣吾さん。ほおずきを買うのが先ですよ」

「なんだよ。ほおずきなんて食えないだろう」

「ほおずきは厄除けですから。そんなこと言ったら罰が当たりますよ」

「だいたい、医者が神仏にすがるなよ」

「それとこれとは別です」

急に振り返った惣吾が、

「あっ。新さんと咲良さん、手を繋いでる」

並んで歩く新太郎と咲良を指差した。言われて、駿も振り返る。新太郎と咲良が、弾かれたように離れた。

「さ、侍が、女子と手を繋いで歩くなど、する訳がないです」

新太郎の目が泳いでいる。

「そ、そうよ。新さんが転びそうになったから、わたしがちょっと手を貸しただけなんだから」

咲良の顔が真っ赤である。

「ふーん。手を貸しただけね……」

たしかに新太郎の目は視野が狭くて見えにくい。だが、読み書きもできるほどであり、一人で歩くことになんら差し障りはないはずだった。

「当たり前でしょう」

「はいはい。わかりました」

物吾が疑いの眼差しを向ける。

「何よ、その目は」

「別に……」

日頃やられっぱなしになっている意趣返しとばかりに、物吾が咲良をからかっていた。

咲良と新太郎はいずれ夫婦になる。駿から見ていても、似合いの二人だった。

縁日をひやかしている咲良を見ていると、駿は茜と二人で玉宮村の夏祭りに行ったことを思い出す。

江戸の町では珍しくない女子の浴衣姿だが、農村である玉宮村では名主の娘である茜くらいしか着ていなかった。

藍地に白い朝顔を染め抜いた浴衣に、橙の帯を締めた茜の姿が懐かしい。暮れなずむ夕闇の中で、浴衣姿の茜に見蕩(みと)れてしまったものだ。

もう、茜に会うことはないのだろうか。

ぼんやりと浅草寺の縁日を行き交う浴衣姿の男女を見ていた。

その刹那、駿はドンッと前から歩いてきた男の子とぶつかった。

「ごめんね。大丈夫かい？」

駿は慌てて男の子を気遣う。

「大丈夫です。こちらこそ、ごめんなさい」

両手にほおずきの鉢を持った男の子が、ちょこんっと頭をさげて詫びの言葉を口にした。

「あっ」

駿が思わず口にしたのと、

「牛のお兄さん」

少年が声をあげたのが一緒だった。

駿にぶつかってきたのは、なんと竹丸だった。

駿と間市が三年前に看取(みと)った駒という元花魁の一人息子で、今は緒川屋という老舗の酒問屋に小僧として奉公している。齢は十歳になっているはずだ。

竹丸とは一度しか話をしたことはないが、牛を飼っていたことがあると言った駿のことをちゃんと覚えていたのだ。

竹丸は緒川屋の主人の血を引いている。賢い子なのだ。きっとよい商人に育つだろう。

「お店のお使いかい？」

臙脂(えんじ)に緒川屋と白抜きした前掛けをしている。

「はい。ほおずきを買いにきました」

店に飾るのだろう。それでほおずきを二鉢も持っていたのだ。

「そうだ。あのときの猫は元気かい」

竹丸は橋の下に住み着いた仔猫(こねこ)に餌をやっていた。

「ミケのこと？」

たしか仔猫は三毛猫だった。

「そうか、ミケと名づけたんだ」

そのままである。なんだか、その無邪気さが嬉しかった。

「ミケは大きくなったんだけど……」

竹丸が視線を落とす。小さな唇をきつく噛んでいた。

「何か困ったことがあるの？」

「それが……」

竹丸が言葉を濁す。

駿は竹丸のことをよく知っている。が、竹丸からすれば、駿はたまたま一度だけ口をきいた人に過ぎない。牛を飼っていたなどと珍しい話をしたので顔を覚えていたが、込み入った話をするような間柄ではないのだ。

「俺の名は駿と言って、涼桜堂という鍼灸の治療院で働いているんだ」

竹丸を安心させるために名乗ることにした。

「駿さんは、お医者様なの？」

竹丸が勢いよく顔をあげる。

駿は大きく頷いて見せる。

「俺だけじゃない。ここにいるお兄ちゃんもお姉ちゃんも、みんな医者だよ」

咲良が、そっと竹丸の肩に手を置いた。

新太郎が優しげに微笑みかける。

惣吾が大きな躰を丸めるようにして、竹丸の前に膝をついた。

「おまえ、名はなんて言うんだ？」

惣吾が竹丸に視線の高さを合わせせる。

「竹丸です」

「そうか。そりゃ、いい名だな」

大店の古着屋の息子だった惣吾は、幼い頃に弟のように仲がよかった店の小僧を病で亡くしていた。

「そうなの？」

「竹はまっすぐにグイグイ伸びるんだ。とっても強いんだぜ」

「へえ、そうなんだ」

「お正月の門松は知っているだろう？」

「うん」

「竹には神様が宿るとされているんだ。だから、新年の依り代として家の門に飾るんだぜ」

「竹って、すごいんだね」

竹丸はすっかり惣吾に気を許しているようだ。

「竹丸って誰が名づけてくれたんだ？」

「おっ母さんだよ」

「じゃあ、おっ母さんに感謝しなくちゃな」

「うん。でも、もう死んじゃったんだ」

竹丸の表情が曇る。

「そうか。竹丸は寂しいか」

「ううん。寂しくないよ。旦那様も女将さんも店の兄さんたちも、みんな優しくしてくれるんだ」

竹丸が、竹のように素直にまっすぐ育っているから、店の人たちがかわいがってくれるのだろう。

駿は、胸を撫でおろした。

「でも……」

竹丸の笑顔は戻らない。

「店で何か困ったことがあるのか」

駿は尋ねた。

「店じゃないんだ。ただ……」

「よかったら、教えてくれないかい。お兄ちゃんたちは、困っている人を助けることが仕事なんだよ」

駿は竹丸の目をまっすぐに見つめる。

少し迷ったあげく、

「ミケを飼ってくれている爺ちゃんと婆(ばあ)ちゃんが死にそうなんだ」

竹丸が意を決したように口を開いた。竹丸の目から涙が零れる。

駿たち四人は顔を見合わせた。

二

駿は梨庵をともなって、新川を歩いていた。

新川の町は元は大川と八丁堀川の中州だったが、神君家康公の江戸普請によって埋め立てられた。

明暦の大火で霊巌寺が深川に移り、跡地には町家ができて多くの町民が暮らすようになっていた。

新川は江戸湊の玄関口ということもあり、上方からの下り酒を扱う酒問屋の七割が集まっているとも言われている。

竹丸が奉公している緒川屋も新川で創業していた。

また、幕府の御用船を差配する御船手組屋敷が置かれたことから、たくさんの船大工が住んでいた。

「竹丸の言っていた爺さんと婆さんの家は、もう近いのか？」

梨庵が額の汗を拭う。

「このあたりのはずなんですが」

駿は竹丸に描いてもらった地図を手に、立ち並ぶ長屋を覗き込んでいた。

「ほおずきを買いにいったら、お駒さんの息子と出くわしたという訳か」

駒と竹丸のことは、すでに梨庵に何度か話している。

「そうなんです。驚きましたよ」

「それで往診を引き受けてきたのだな」

「いろいろと話を端折っていますが、まあ、そういうことになります」

「何も驚くことはない。四万六千日分の御利益をいただきに行ったのだ。仏様とて、ただという訳にはいかないだろう」

「仏様がそんなケチなことをしますか」

「銭あれば木仏も面を和らぐと言うではないか」

「ものの例えでしょ。罰が当たりますよ」

駿は梨庵の軽口を受け流しながら、左右の長屋の様子を見直した。

「話を聞いたところでは銭にはなりそうもないが、これもあれだな、駿がいつも言っているやつだな……」

「なんですか」

「辛いことは半分ってやつよ」

「辛いことは誰かと分けると半分になるけど、幸せは誰かに分けても倍に増えるんです」

母が口癖のように、駿に繰り返し教えてくれた言葉だ。

「涼桜堂には分けてやるほど幸せは余っていないが、それでも少ない幸せを患者に分けに行くか」

「わたしはとっても幸せですよ。こうして梨庵先生と一緒に医者として患者を助ける仕事ができるんですから」

「うまいこと言っても、何もやらんぞ」

軽口は叩いているが、梨庵が駿と一緒に仕事をすることを心から楽しんでいることは明白だった。言葉の端々から、梨庵の思いが伝わってくる。

しばらく歩いていたら、竹丸に教えられた長屋の前に出た。

「ごめんください」

訪(おとな)いを入れる。返事はない。もう一度、

「あのー、平助(へいすけ)さんはいらっしゃいますか」

今度は少し大きめの声をかける。

「どなたですかな」

戸が開き、腰の曲がった老人が顔を出した。

年の頃は七十歳を優に超えているだろう。伸びて荒れた月代も含め、鬢はほとんどが白くなっている。

「わたしは涼桜堂の駿といいます。こちらは田村梨庵先生です」

頭をさげた。

「お医者様ですか……」

老人は少し驚いたようだ。それから杖をついて駿に手を引かれている梨庵を見て、盲人と悟ったのだろう。

「……どうぞ、お入りください」

踵を返した。駿は後につづいて中に入る。

「緒川屋の竹丸から、平助さんの往診を頼まれまして……」

「竹丸……。ああ、あの猫の……」

平助が部屋の奥に向かって顎をしゃくった。

わずかな土間の先に畳六枚の部屋があるだけの狭い長屋だ。小さな座卓の隣に床が敷かれていて、箪笥の一棹さえない。

平助の視線の先を追うと、一匹の三毛猫が床に寝ている老婆の枕元で、躰を丸めていた。ミケだ。大きく育ってはいたが、駿にはすぐにわかった。

猫が懐く人に、悪い人はいないという。駿もそれを信じている。

「加代（かよ）。お客様だぞ」

平助が声をかけたが、加代は目を開けただけで、躰を起こすどころか、こちらに顔を向けることさえしなかった。

「お医者様に来ていただいたのはありがたいことですが、ああなってしまってもう三年になります。初めは彼方此方（あちこち）のお医者様にも診ていただいたんですが、できることはないと匙を投げる方ばかりで……」

どういうことだろうか。なんの病なのだろうか。

駿にはわからなかった。

「拝見してもよろしいかね」

梨庵は盲人だが、患者を治療するときには、必ずこの言葉を使った。

初めて梨庵に会ったとき、病とは目で見るものではなく、患っている人を助けたいと思う心で診るものだと言われた。

今なら駿にもその意を解することができる。

「ありがとうございます。でも、恥ずかしながら診ていただきましても、治療代をお払いできるかどうか……」

だが、梨庵はさっさと草履を脱いでしまう。駿は慌てて梨庵を加代の枕元に連れていく。ミケが眠そうな顔で、梨庵を見上げた。

加代の脈を取りながら、

「様子を教えていただけるかな」

梨庵が平助に尋ねる。

平助も加代を挟むようにして、梨庵や駿と向き合って座った。

「初めは小さな物忘れが多くなりました。なあに、気にするようなことじゃあなくて、本当に夫婦の間の些細なやり取りに過ぎなかったんです。それが、買い物に出掛けたのに何も買わずに帰ってきたり、日に二度も三度も同じ物を買いに出たりするようになりました。豆腐を買い忘れたって三度も出掛けて、加代が山のような豆腐を前にしてずっと泣いていたときは、オレは豆腐が大好物だからって慰めてやりました」

「初めは物忘れからだな」

梨庵が目配せする。駿は阿吽（あうん）の呼吸でかあるてと矢立を取り出すと、平助の言葉を漏らさぬように書き記した。

「こいつには、本当に辛い思いばかりをさせてきたんです。オレは船大工なんでさぁ。十三のときから親方のもとで修業をはじめて、加代と一緒になったときも、まだオレは一人前とは言えませんでした。オレのような出職の職人は、仕事が詰まれば三日だろうが四日だろうが家にも帰れません。加代の腹ん中に赤子ができたときだって、オレはなあんにもしちゃやれませんでした。赤子ができて嬉しくなかった訳じゃねえんでさ。でも、オレは仕事を覚えるので、精一杯だったんです。最初の子は腹ん中から流れちまって、二人目の子は二歳のときに流行病で亡くなりました。加代には、本当に申し訳ねえことをしたと思っております」

「平助さんのせいではない。子供は弱いものだ。赤子の十人中二人はお産のときに亡くなる。たとえ無事に生まれても、二十歳を迎えられる子供は半分もいないのだ」

梨庵の言葉にも、平助は加代の顔を見ながら、首を横に振った。

「物忘れは酷くなる一方で、飯を食べたことも、厠に行ったことも忘れちまって。今が昼か夜かもわからなくなっちまいました。飯を食べ終わって膳を片付けてるそばから、腹が減ったと泣き出す始末です。かわいそうだが、無理に食べれば腹を壊します。もう飯は食べたのだと教えてやりますが、今度は憑きものでもついたかのように泣き叫んで怒りだすんです。茶碗だろうが湯呑みだろうが、手元にあるものは辺り構わず投げつけるんで、家にあるものはみんな割れちまいましたよ」

それでこの家には何も物がなかったのだ。

「ご苦労なさったのですな」

だが、平助は首を左右に振った。

「苦労してきたのは加代のほうです。オレの苦労なんぞ、屁でもねえ。加代は新川の大店の酒問屋の一人娘で、言ってみりゃ、いいところのお嬢様なんです。取引先の酒屋に手伝いに来ていたときに、客だったオレと出会いました。オレの一目惚れってやつでして、通って口説いて泣き落として、終いには加代は家を捨ててくれて、駆け落ちして一緒になりました。オレなんぞに惚れられなけりゃ、綺麗な着物を着て、奢侈な暮らしができていたはずなんです。オレなんぞには、本当にもったいねえ、かわいい嫁です」

「お二人は、おいくつになられるのかな」

梨庵が加代の首筋や手足の浮腫みをたしかめる。

「オレが七十五で、加代は七十二になります。見てやってください。かわいい顔をしてるでしょう。嫁に来てくれたときから、ちっとも変わりゃしません」

平助が指先で加代の髪を梳いてやる。

加代は気持ちよさそうにしていた。

猫が伸びあがり、それから加代に身を寄せると、ゴロゴロと喉を鳴らしながら頭を擦りつける。加代が笑みを零した。

「綺麗な奥様ですな」

「ええ。そうなんですよ……」

平助が嬉しそうに皺だらけの目元をほころばせる。が、すぐにその目に悲しみの色が広がった。

「……でも、もうオレのことが誰かもわかっちゃいない。それどころか、自分の名さえ思い出せないんです」

平助の膝の上に置かれた手が、静かに震える。

梨庵が診察を終えた。

駿は手早く加代の着物を直す。

「先生。加代の具合はいかがでしょうか」

平助がすがるような目で、梨庵の顔を覗き込んだ。

「申し訳ないが、加代さんの老耄(ろうもう)に効く治療はないでしょう」

「やはり、そうですか」

平助が肩を落とす。

「だが、今日ここへ来たのは、加代さんを診るためではありません。竹丸から頼まれたのは、加代さんのことではないのです」

「どういうことですか」

平助が首を傾(かし)げた。

「平助さん。あなた、吐血したことがあるそうじゃないですか」

「なあに、大したことはありません。ちょっと疲れが溜まっていただけです」

「本当にそれだけですか。躰にどこか痛むところがあるんじゃないか」

梨庵の言葉に、平助の表情が強張る。

「子供の言うことです。大袈裟なんですよ」

「拝見してもよろしいかね。それでただの疲れだとわかれば、滋養のあるものを食べて、ゆっくり休めばいい。平助さんとしても安心できるだろう」

「先ほども申しました通り、診ていただきましても、治療代を払えるかどうか……」

「平助さんは竹丸の猫を育ててくれているのだろう」

梨庵がミケのほうに視線を向けた。目が見えなくても、猫の気配はわかるのだろう。

「へえ。どしゃぶりの雨の日に、たまたま通りかかった橋の袂に、仔猫を抱きかかえて震えているあの子を見かけたんです。聞いてみれば、店は違えど加代と同じ酒問屋の奉公人だというじゃないですか。これも何かの縁だと思い、猫を引き取ってやることにしました。子のない加代は、自分の子供のように竹丸をかわいがっておりました。まあ、子供というより、孫って言ったほうがいいくらい年は離れていますが」

「なるほど」

「でも、ちょうどその頃から、少しずつ加代は物忘れがはじまりました」

「ここにいる駿は、竹丸の母を看取った医者なのだ」

「まことでございますか」

「訳あって竹丸には話していないが、駿はずっとあの子のことを案じておった」

「そうだったんですね」

「猫の面倒を見てくれているだけで、治療代はすでにもらっているようなものだ。これで治療代などと口にしようものなら、あとで駿から何を言われるか」

梨庵が頬を揺らした。

「ありがとうございます」

平助が頭をさげる。

「では、診させていただきますぞ」

「へえ。お願いします」

「加代さんの隣に横になっていただけるかな」

平助が言われたとおりに、畳の上に躰を横たえた。

駿は平助の帯を解き、着物の前を開く。

梨庵の指先が、平助の躰に触れた。胸から腹にかけて、ゆっくりと丹念に調べていく。

梨庵の顔色が変わった。

「平助さん。食欲はあるかね」

「もうこの年ですから。あるかないかと問われれば、若い頃のような食い気はありません」

「吐き気はあるか」

「言われてみれば、そんなことも……」

「胃の腑の痛みはどうだ」

「まあ、それもときどき……」

「黒い便はどうだ」

「はい。出ます」

ここで初めて平助が顔を強張らせる。

「なぜ、もっと早く医者にかからなかったのだ」

「先生。オレの躰はどこか具合が悪いんですか」

梨庵が駿に向かって、

「明日にでも仲元堂(しんげんどう)の久安(きゅうあん)殿に来てもらいなさい」

いつになく切羽詰まった口調で言った。

久安は高名な漢方医で、仲元堂は杉坂鍼治学問所ともかかわりが深い漢方の治療院だった。

「平助さん。恐らくあなたの胃の腑には、腫瘍ができている」

「しゅようってなんですか」

「躰の中を食い荒らす生きた瘤(こぶ)のようなものだ」

「オレの腹ん中に、そんな恐ろしいもんがあるんですか」

「まだ、はっきりとはわからん」

「もしそんなもんがあるなら、先生の鍼でやっつけていただけませんか」

平助が横になったまま、拝むように両手を合わせる。

「俺は鍼灸医だ。腫瘍は領分が違う。明日にでも漢方医に来てもらえるように頼んでおくので、改めて診てもらうといい」

「そうですか。どうか、お願いします」

平助の隣で、加代が猫を撫でていた。

三

「梨庵殿。久しぶりだな。思ったより元気そうではないか」

仲元堂の久安が涼桜堂にやってきたのは、駿が平助を訪ねた翌日のことだ。

杉坂鍼治学問所と仲元堂は鍼灸と漢方の違いはあれど、互いに同心して患者の治療にあたることも少なくなかった。

「江戸の水道の水と違って、上州の湧き水は美味くて新鮮だからな。水が合っていたのかもしれん」

「そうか。江戸を追われて上州にいたのか。あんたのような江戸しか知らない者には、辛いことも多かったのではないか」

「そうでもないぞ。どこであろうが、住めば都というものよ。それに上州は江戸と違って人がよい。久安殿も隠居されたら、江戸を出て上州へ行かれるのも一興だぞ」

「うむ。考えておく」

久安が湯吞みに手を伸ばし、一口啜った。

「で、平助はいかがだった?」

梨庵が話の本筋に入る。久安が表情を引き締めた。

「梨庵殿のお見立てに間違いはない」

「やはり胃の腑の腫瘍か」

「もはや、手の施しようがないだろう」

「余命をどう読む」

梨庵の問いかけに、

「もってあと三月かと」

久安は迷いなく答える。

失礼を承知で、駿は二人の話に割り込んだ。

「そんなに短いのですか」

「これから食が細くなる。目に見えて躰が痩せ衰え、めまいや吐血にも襲われるだろう。臓腑の痛みも日増しに耐えがたくなる。生きる気力が失われ、生きながらえながら、躰は屍のようになっていく」

「なんとかならないんですか」

「長崎の蘭方医が、胃の腑の腫瘍を切り出す治療をしたことがあると聞いたことがある」

「治療できるんですか」

「それは腫瘍が小さなうちのことだ。平助のように大きくなっていては、もはや、手遅れだろう」

「手遅れって、そんなこと平助さんに言えませんよ」

「いずれ、己でも死が近いと悟るであろう。黙っていても、すぐにわかることだ。早めに教えてやって、思い残すことなく死を迎えられるようにしてやるのも慈悲ではないか」

久安が無念そうに言った。

「慈悲って、どういうことですか！　平助さんには加代さんがいるんですよ。これからもずっと、加代さんの面倒を見なくちゃならないんです。思い残すことだらけじゃないですか！」

駿は叫んでいた。

「誰でも人は死ぬ。永遠の命を持つ人間はいない。医者にできることなど、限りがあるのだ」

「わかってますよ。そんなこと、わかってるんです。それでも、医者に何かできることはないんですか」

「薬でも鍼でも治らぬ病はある。それでもできることがあるのなら、儂が教えてほしいくらいだ」

久安に人情がないのではない。医者としても人としても、言っていることは間違っていない。むしろ、無茶なのは駿のほうだということは百も承知だ。

「それでもわたしは、平助さんを助けたいんです」

駿は歯を食いしばったが、頬を伝う涙を止められなかった。

「先生。オレの病は治るんですよね」

平助がすがるような目で駿に訴えかけてくる。

「そ、それは……」

刹那、駿は言葉に詰まってしまった。それでも伝えない訳にはいかない。

今日も一緒に来てくれるという梨庵の申し出を断った。

竹丸から平助のことを頼まれたのは駿だ。それに治療しても助からない命だとすれば、もう梨庵の役目は多くない。

「どうか、落ちついて聞いてください。隠さずにお話ししますが、平助さんの病を治すことはできません」

本当ならば、不治の病であることを患者に伝えるようなことはない。だが、平助の場合は別だった。平助は老耄の加代の面倒を見ているのだ。

「どういうことですか。オレに金がないからですか。治療代なら働いてなんとかします。どうかオレを見捨てないでください」

「お金のことではないんです。平助さんの病は、医者では治せないんです」

「そんな殺生な。オレはどうしても死ぬ訳にはいかないんです。どうか、お願いです。なんでもしますから、命だけは助けてください」

平助が膝でにじり寄り、駿の両手を摑んだ。両の目からは涙が溢れている。

だが、駿は首を左右に振るしかなかった。

「わたしもできることがあるならば、どんなことをしてでも治療をしたいです。でも、平助さんの病は、もう医者の手に負えるものではないんです」

「ああっ……、加代……」

平助が隣に座っている加代の躰を抱き寄せる。両の腕で強く抱き締めた。が、加代は幼子のように、ただ笑みを浮かべているだけだ。平助に起きていることが、加代にはわからないのだ。

「これから躰の痛みや熱に苦しむこともあると思います。次第にものも食べられなくなります。わたしができるだけ毎日往診に来て、痛みを和らげたり食欲を戻す鍼を打たせていただくつもりです」

「本所にある先生の治療院にさえ通えないほど悪くなるってことですか」

駿は頷くしかない。

「向嶋に志友堂という治療院があります。志穂先生というわたしもよく知っている方がやられていて、躰の不自由な方を受け入れてくださっています。いよいよとなりましたら、お引き合わせをすることもできます」

「志友堂って、聞いたことがあります。死神って言われている先生のところですよね」

平助の眉間に深い皺が刻まれた。

「志穂先生はとても慈悲深い方ですよ」

「あそこからは、誰も生きて出てくることはないんでしょう。オレがそんなところに入ったら、加代の面倒は誰が見てくれるんですか。加代は自分の名さえわからないんですよ。飯も厠も寝ることさえ、一人ではできないんです。オレがいなくなったら、加代は生きていけないんです。こんなかわいい加代が……、こんな優しい加代が……、なんだってそんな惨(むご)い目に合わされなくちゃならねえんですか」

「加代さんのご実家はどうなんでしょうか」

加代は新川の大店の酒問屋の娘だったと聞いていた。

「一人娘だった加代が駆け落ちして勘当になった後、養子を取って店を継がせたと聞いています。加代の両親が亡くなって三十年が過ぎていますが、跡継ぎに商才がなかったのか、店は商いが立ち行かなくなって、すでに人手にわたっているそうです」

「そんなことになっていたんですね」

「加代には、オレの他に身よりがないんです。先生、どうしてもオレは加代を残して死ぬ訳にはいかないんですよ。お願いだ。たった一日でいい。一日だけ、オレを加代より長く生きさせてください」

駿の手を取って泣きつづける平助の背が震えている。

「平助さん。諦めないでください。加代さんにできることが何かないか、これから一緒に考えていきましょう」

「オレは……、どうしたらいいんだ……」

泣いている平助の頭を、加代が優しく撫でた。まるで母親が愚図る幼子を慰めているように見える。

「ああっ……、加代……」

駿は、二人の姿を黙って見ていることしかできなかった。

四

朝から途切れなかった患者の波が引き、少しだけ息をつく。

涼桜堂には、今日もたくさんの患者が治療を求めてやってきていた。

駿が梨庵と遅めの昼餉(ひるげ)を取ったのは、すでに昼の九つ半（午後一時頃）をかなりまわっていた。

朝炊いた白米で握っておいた握り飯が二個だけの質素な昼餉だ。

「梨庵先生。本当にいつも握り飯だけでいいんですか」

「俺にとってはこれが一番のご馳走だ」

「いくら貧乏暇無しの治療院だからって、昼飯くらいはちゃんとしたものを支度できますよ」

梨庵と初めて会ったとき、二人を繋いだのは二個の握り飯だった。

江戸所払いになった梨庵は、物乞いかと見紛うばかりの襤褸(ぼろ)を纏(まと)い、行き倒れ寸前で玉宮村に辿り着いた。

腹が空(す)き過ぎて動けないという梨庵に、駿と涼が自分たちが食べる分の握り飯をあげたのが出会いだった。

梨庵はそれからというもの、昼餉は握り飯二個しか口にしないと決めているようだ。

「握り飯が食えるというだけでも、ありがたいと思わなければならんだろう」

梨庵が、まるで溜息を吐くように言った。

平助と加代のことを思うと、駿も飯が喉を通らなかった。

「たしかにそうですね」

今頃二人は、どんな風にして昼餉を取っているのだろうか。今日も診療が終わったら、平助の様子を見にいこうと思う。

「駿。いるかしら？」

咲良が勢いよく階段を駆けあがってきた。

「ここにいますよ」

駿は返事をする。

「梨庵先生。こんにちは」

咲良が梨庵の姿をみとめて挨拶をした。

「おお。元気にやっておる」

梨庵が握り飯を持って右手をあげる。

「咲良さん。何かあったんですか」

駿は咲良に尋ねた。杉坂鍼治学問所で医学を学んでいる咲良が、いくら近所だとはいえ、涼桜堂を訪れることは珍しい。

なんといっても梨庵は、江戸所払いになって杉坂鍼治学問所の講師を辞めた人間である。その梨庵が近くに開いた治療院となれば、杉坂鍼治学問所の門下生には敷居が高かった。咲良が来るのは、涼桜堂の開院のとき以来になる。

「それが大変なの」

「咲良さんはいつだって大騒ぎしているじゃないですか」

「あら、失礼ね。わたしがいつ大騒ぎしたっていうのよ」

「自分では気づいてないんですか」

「わたしが大変だって言うときは、本当に大変なときだから、いちいち覚えてないわよ」

本人に自覚はないようだ。

「それで、今度は何があったんですか」

「聞いて驚かないでね」

「はいはい。驚きませんよ」

「茜ちゃんを見たっていう人がいるのよ」

「なんですって！」

「ほら、やっぱり驚いたじゃない」

「そりゃ、驚きますよ。本当に茜なんですか。誰がどこで見たっていうんですか！」

「駿。落ちついてよ」

「これが落ちついていられますか。茜が江戸にいたってことですよね」

駿は、いてもたってもいられない。

「大坪先生が茜ちゃんを見たって言うの」

「どうして大坪先生が？」

大坪仙石は杉坂鍼治学問所の講師である。杉坂鍼治学問所では盲人の講師が多い中で、数少ない目の見える鍼灸医である。

茜は二年前に江戸で頭の怪我をして記憶を失った。そのとき、杉坂鍼治学問所で治療を受けていた。仙石が茜のことを覚えていたとしてもおかしくはない。

「大坪先生がお奉行所に申しつかって、小石川養生所を手伝いにいかれたんですって。そこで茜ちゃんに似た人を見かけたらしいの」

「らしいって、どういうことですか」

「大坪先生も茜ちゃんとそれほど親しかった訳じゃないし、小石川養生所では引き受けた患者を診なければならないしで、似ている人がいるなって思ったんだけど声をかける暇がなかったんですって。でも、後でよくよく考えてみたら、やっぱりあれは茜ちゃんだったような気がするって。それでわたしに、駿に伝えにいってほしいって」

「そうだったんですね。ありがとうございます」

駿は咲良に礼を伝えた。それから梨庵に向き直る。

「梨庵先生。小石川養生所って、どんなところなんですか」

もちろん江戸で三年も鍼灸医の修業をしてきた駿である。小石川養生所の名前くらいは聞いたことがあった。

「貧しくて薬が買えない人や医者にかかれない人のために、ご公儀が営んでいる養生所だ。ご公儀に任じられた医者が治療を受け持ってくれるのだ。しかも、治療代を一銭も払わなくても、衣食住も含めて、ご公儀が負担してくれて入所することができる」

「無一文でも入所ができるのですか」

幕府が貧しい人たちを助けるために、医療を供しているのだ。

「一応はそういうことになっている」

梨庵が含みのある言い方をした。

「一応とは、どういうことですか」

「小石川養生所は、徳川吉宗公が目安箱を置かれ、広く民の声を聞いてくださったときに、小石川の漢方医小川笙船(おがわしょうせん)によって嘆願されて開所されたのだ」

「ずいぶん昔のことね」

咲良が口を挟んだ。

「そう昔でもないぞ。ざっと七十年くらい前のことだ。まあ、若い娘からすれば、ずっと昔になるのかもしれんが」

梨庵が咲良に答える。

「兎に角、将軍様がご命じになられて、貧しい人でも入所できるところが作られたってことですよね」

駿が話を元に戻した。

「そうだ。入所の費用は当たり前だが、医者による治療代も薬代も食事代もかからない。着物はもちろん、暮らし向きに要するものは茶碗も箸もなんでも貸してもらえる。患者は身ひとつで治療に専念すればよい」

「至れり尽くせりじゃないですか。平助さんと加代さんだって、小石川養生所なら入所して治療ができるんじゃないですか」

光が見えたような気がする。だが、梨庵が首を左右に振った。

「上様のご命じになられたことは立派なことだ。だが、それを姿形にするのは、所詮はご公儀の役人たちだぞ」

「本当のところは違うというのですか」

「牛首を懸けて馬肉を売るというやつだな。役人はいつもそうだ」

梨庵が深く長く溜息を吐く。

「馬肉がなんですって？」

「よいことを並べても、中身は違うってことだ」

「梨庵先生、教えてください。小石川養生所で何が起きているんですか」

駿は改めて梨庵に尋ねた。

「小石川養生所に入所できる患者の数は、百十七人と定められている。だが、実際に入所している患者は、いつだって五十人くらいなものだ」

江戸の町には、およそ百万人の人が暮らしていた。病や怪我で苦しんでいる人たちもたくさんいる。貧しくて医者にかかっても治療代が払えない人だって少なくないはずだ。

小さいながらも町で治療院を営んでいる駿には、それが身に染みてわかる。

「そんないいところなのに、どうして入所者が少ないんですか」

「入るのが難しいし、そもそもこんなところに入りたいってやつがいないからだ」

「貧しい人なら、誰でも入れるんじゃないんですか」

「表向きはそうなっている」

「でも、違うんですね」

「いいか、よく考えてみろ。江戸には百万人が暮らしているんだぞ。そのうち町民は五十万人だ。その中から、小石川養生所に入所できるのは、たった百十七人だけだ。これがどういうことかわかるか」

「わかりません」

　駿は首を横に振った。

「江戸の民の日々の暮らしを見ている役人の長は、南北二人のお奉行様だ。たった二人だけだぞ。目が届く訳がない。だから、お奉行様の配下には、それぞれ二十五人ずつの与力とおよそ百人ずつの同心が置かれている。でも、これだって五十万人の町民を受け持つには数が足りなさ過ぎる。だから、江戸の町にも名主がいるんだ。これが二百六十二人だ。名主一人当たりで目配りする町民の数は、だいたい二千人だな」

「目が届く訳がないですね」

「小石川養生所は貧しく金がない病人なら、誰でも入所できることになっている。だが、入所を認められるためには、名主から奉行所に届けを出してもらわなければならない」

「だって、それが奉行所から申し付けられた名主のお役目なんでしょう」

　咲良が再び口を挟んでくる。咲良は武家の子女だ。町民を蔑ろにしている役所のあり方には、元々思うところがあったようだ。

「それはそうだろうが、名主だって忙しいんだ。町触れの伝達や人別改め、火消人足の世話、町内の揉め事を収めるなど、仕事は山ほどある。それも二千人を目配りしなければならない。貧乏な病人の世話など、いちいちしている暇はないのだ」

「じゃあ、どうやったら入所できるんですか」

「造作ないことだ。名主に賄を包めばいい」

梨庵が吐き捨てるように言った。

「そんな馬鹿なことがありますか！　医者にかかる金がないくらい貧乏だからこそ、ご公儀の養生所に入りたいんじゃないですか。それなのに裏で金を払わなければならないって、おかしいじゃないですか！」

どうにも我慢ができず、とうとう駿は声を荒らげてしまった。

「そうよ、そうよ。そんなのおかしいわ」

咲良も眉間に皺を寄せて怒っている。

「それだけじゃない。賄を払ってまで運よく入所できても、看病中間に面倒を看てもらうためには、入所の持参金四百文を払わなければならない」

「入所に金はいらないんじゃないんですか」

「小石川養生所に入るのには、金はかからない。だが、医者が患者を診てくれるのは、月に何度もあることではない。日々の面倒は、看病中間やその配下の役掛りが看てくれることになる。持参金のない患者の面倒など、真面目に看てくれる看病中間はいないということだ。部屋や寝床の掃除さえ、まともにしてもらえないだろう。日の当たらぬ暗い部屋に押し込まれて死ぬのが嫌ならば、四百文を払うしかない」

「無茶苦茶じゃないですか」

「そもそも医者が患者を治療する気がない」

これを聞いた咲良が、

「その話なら、父から聞いたことがあるわ」

怖い顔をしたまま駿を見やる。

「医者が治療しないなんてことがあるの？」

「父が言ってたけど、小石川養生所の医者は幕医が任じられているんですって……」

幕医とは、幕府のお抱えの医者のことだ。徳川家の家臣や使用人の治療をすることを役目としていた。

「……だから、養生所の町民の治療なんて、安い役料で薬代も医者持ちだし、真面目にやっている人はいないって」

咲良の言葉に、梨庵がさらにつづける。

「そして、養生所は治る見込みのある患者しか入所できないということだ。八月(やつき)の間に快方の兆しがなければ、退所させられることになる」

「たった八月で病人を追い出すんですか」

「入所者のうちの何人が本復したのか、養生所の見廻(みまわ)り与力は上役に報告しなければならない。本復した患者の数が少ないということは、公儀の金を使っている養生所が役に立っていないということになる。だから、治る見込みのない患者が増えては困るのだ」

「そんな理屈はおかしいです」

「役人とは、そういうものだ」

梨庵がきっぱりと言い切った。

「そんなんじゃ、どうしたって平助さんと加代さんが入所するのは無理じゃないですか」

聞けば聞くほど、駿には納得できないことばかりだ。

「そんなところにもし茜がいるとしたら、早く行ってあげないと」

「小石川養生所の与力とは、古い知り合いだ。俺の名を出せば、中に入れてもらえるだろう。明日にでも行ってきなさい」

「ありがとうございます。明日の朝一番で行ってみることにします」

茜に会えるかもしれない。

茜と最後に別れたときの記憶が蘇る。小さくなっていく後ろ姿が忘れられない。

もし会えたら、何を話せばいいのだろうか。

兎に角、茜に会いたかった。

五

駿は、昼四つ（午前十時頃）の鐘とともに、小石川養生所の門を叩いた。

養生所の見廻り与力は二人いて、一日交替で昼四つに出勤して夕七つ（午後四時頃）まで詰めているはずだが、今日はまだ来ていないとのことだった。

門番によれば、いつも遅刻してくるので、いったいいつになったら現れるのかわからないそうだ。

なんという怠慢だろうか。

門番と揉めていたら、同心の一人が様子を見にきた。梨庵の名を出したら、あっさりと通してくれて、中まで案内してくれるという。

梨庵はいったい何者なのだろうか。

「梨庵殿の弟子ということは、おまえも医者なのか」

「はい。梨庵先生と二人で診療所を開いています」

「そうか。ここへは誰か患者を探しにきたのか」

梨庵の名が効いているのか、ずいぶん親切だ。

「茜という女子が入所していませんか」

「年はいくつだ」

「十九歳です」

「そうか。調べてやるから、ここで少し待っておれ」

人のよさそうな同心だった。

表門の脇に門番所がある。そこで待つように言われた。門番所の隣の建物に、役人詰所があるようで、同心はそこへ入っていった。

程なくして、同心が戻ってくる。

「いたぞ」

「本当ですか」

「間違いない。人別帳に名が記されておる。ちょうど身共が取り扱ったので、よく覚えている。二十日ほど前に板橋宿の旅籠屋から、ここへ運び込まれたのだ。手形もあり、身元も間違いなく、何より入所のための金子も申し分なかったため、板橋宿の名主の申し出を受けて入所を許しておる」

茜がいた。

「旅籠屋に泊まっていて、病になったのですか」

「病ではない」

同心が言葉を濁す。

「病ではないって、どういうことでしょうか」

駿の強い言葉に、同心がたじろぐ様子を見せた。

「赤子を流したのだ」

同心の言葉が、咄嗟に飲み込めなかった。

この人は、いったい何を言ってるのだろうか。

「も、もう一度、言ってください」

「江戸への旅の途中で、流産して倒れたのだ」

「そうですか」

考えてもいないことだった。

「どうした。顔色がよくないぞ」

「大丈夫です」

「女に会っていくか？」

足が止まる。すぐには言葉が出なかった。

同心が再び問いかけてくる。

「どうするのだ。女に会っていくのであれば案内してやるぞ」

「お願いします」

小石川養生所には四棟の入所部屋があった。表門から入って正面に女部屋があり、その左に男部屋が三棟つづいていた。

同心に女部屋に案内される。

十人ほどの患者が並べて敷かれた床に寝ていた。女子の看病中間が一人いて、一番手前の患者に茶碗の水を飲ませている。

奥から二番目の患者の横顔に見覚えがあった。間違いない。

ゆっくりと歩き、茜の枕元に膝を折る。気配を察したのか、茜が目を開けた。

「駿……」

「茜。大丈夫かい？」

「どうして……」

「茜を迎えにきたんだよ」

考えていた訳ではない。咄嗟に口から言葉が出た。

「だけど、わたしは……」

「お腹にいた赤子は、一郎兵衛さんの子だったの？」

「うん」

茜がわずかに顎を引く。

「何があったの？」

茜は、意を決したように、静かに語りはじめた。

「わたし、旦那様のお子ができたの。旦那様はとても喜んでくださった。でも、夜中に厠に行ったときに卒中風で倒れて、庭石で頭を打ってしまって。気づいたときには、もう息を引き取られた後だった」

「大変だったね」

「旦那様の葬儀が終わって、女将さんに呼ばれたんだ。旦那様が亡くなって、わたしの妾奉公も年季明けにするって。母や妹の暮らしの面倒はこれからも店で見ていただけるから、わたしは川越を離れて子供と暮らしなさいって。支度金もくださったけど、今さら玉宮村には帰れないし、わたしにはどこにも行くあてがなかったから、とりあえず江戸へ出て赤子を産もうとしたんだけど。赤ちゃん、駄目だった」

茜の目から涙が溢れる。

「何を言ってるんだよ。茜には、ちゃんと帰るところがあるだろう。必ず俺のところへ戻ってくるって約束したじゃないか」

「だって、駿……。わたし――」

駿は右手の人差し指で、そっと茜の頬を流れる涙を拭ってやる。

「茜。戻ってきてくれて、ありがとう」

茜の姿が滲んで見える。

「駿……、いいの?」

「俺は治療院をはじめたんだよ。涼の名前を取って、涼桜堂って名づけたんだ。茜、俺と一緒に帰ろうね。そして元気になったら、一緒に明日葉が咲くのを観にいこう」

駿の目から溢れた涙が、茜が伸ばした手の上に落ちた。

「駿。ちょっといいか？」

階下から梨庵が呼ぶ声がする。

駿は、二階の部屋で床に横になっている茜に、夕餉の芋粥を食べさせていた。

「駿。梨庵先生が呼んでいるわよ」

「でも、茜の食事の途中だし」

「一人でお粥くらい食べられます」

茜が笑みを零す。

「じゃあ、ちょっと下まで行ってくる。ちゃんと残さず食べるんだよ」

「もう、子供扱いしないで」

「今は俺に甘えていいんだよ」

「いいから、早く行って」

茜が頬をプクッと膨らませて、怒った真似(まね)をした。

駿は肩を竦めると、芋粥の椀(わん)と匙を茜にわたして、階段を降りていく。

「先生。どうしたんですか」

梨庵の表情を見て、駿は何か様子がおかしいことに気づいた。

「そこの辻で買ったばかりの読売だ。俺は読めないが、話を聞いて買ってきた」

梨庵から一枚刷りの読売を受け取る。読みはじめてすぐに、己の顔から血が引いていくのがわかった。

心中を扱った記事だ。心中は盗賊や妖怪と並んで、読売では人気がある。

「平助さんと加代さんが……」

「詳しく教えてくれ」

「大川に身投げして亡くなったと書いてあります。引きあげられた遺体は、互いの手と手、足と足をしっかりと縄で結んであったそうです」

「そうか。加代さんがあの世まで道に迷わないように、平助さんが連れていったんだな」

梨庵が洟(はな)を啜った。

「どうしてなんだよ」

読売を持つ手が震える。

「平助さんは、加代さんが心配で、どうしても残して死ねなかったんだろう」

「だからって、こんなことが許されていいんですか」

「じゃあ、どうしたらよかったんだ？　平助さんはこの先、歩くことさえままならなくなるんだ。寝たきりで死を待つ間、加代さんの面倒は誰が見る。平助さんが亡くなった後はどうするのだ？」

「わかりません。でも、こんなことがあっちゃいけないんです。こんな世にしちゃ駄目なんです」

駿は溢れる涙を拭いもせず、梨庵に向かって訴えた。

「こんな世を変えたいと思うか」

「思います。わたしは困っている人を助けたくて、梨庵先生と涼桜堂をはじめたんです。でも、わたしは平助さんと加代さんを助けることができませんでした。どうしたら、こんな世を変えることができるんですか」

「わかった。今から一緒に出ようか」

梨庵が表情を引き締める。

「今からって、急にどこへ行くんですか」

「いいから支度をしてこい」

梨庵はそう言いながら、すでに羽織に袖を通していた。

辻駕籠を拾って二人で向かったのは、谷中(やなか)だった。駿は生まれて初めて駕籠に乗った。谷中は上野寛永寺の子院が彼方此方にあるが、寺に挟まれるようにして、大名の下屋敷も点在している。

「ここは？」

大きな屋敷の前で駕籠を降りた。

「御老中松平伊豆守様の下屋敷だ」

松平伊豆守信明は三河国吉田（みかわのくによしだ）藩の三代目藩主にして、幕府の老中を務めている。

「だって、伊豆守様って……」

「俺は伊豆守様の御殿医だった」

もちろん、そんなことは知っている。

梨庵が杉坂鍼治学問所の講師としての職を失い、江戸所払いになったのは、松平信明の側室と許されぬ仲になったことの責めを受けたからだと聞いていた。罪に耐えられなくなった側室は、井戸に身を投げてしまったそうだ。

「こんなところへ来て、どうするつもりなんですか」

「久しぶりに伊豆守様と会って、ゆっくり話でもしようかと思ってな」

「馬鹿なことを言わないでください」

「何故だ」

「だって、会える訳がないじゃないですか」

「駄目かどうか、訊いてみないとわからないだろう」

「いや、無理に決まっています」

だいたい、会えるとか会えないとかの話ではない。いきなり梨庵が訪ねていこうものなら、無礼千万とばかりに手討ちにされるかもしれない。

「いいから、門を叩いてみろ」

「もう、どうなっても知りませんからね」

訳もわからぬまま、駿は門を叩いた。すぐに門番が顔を出す。

「田村梨庵と申す。伊豆守様にお取り次ぎを願いたい」

すると門番が、

「しばらくお待ちください」

そう言って、中に引っ込んだ。門前払いを食らうとばかり思っていたのに、取り次がれたことに驚いた。もっとも、取り次がれたら、それこそ手討ちにされるかもしれない。

あまり刻を待たずして、二本差しに裃(かみしも)を着けた侍が門を開けた。

「これは梨庵先生。お久しぶりですな」

「近藤(こんどう)殿。急に来てしまって申し訳ないな」

「なあに、梨庵先生が江戸に戻られておることは承知しておりました。我が殿も、そろそろ梨庵先生が顔を出されるのではないかと、待たれておられたようですぞ。どうぞ、ご案内つかまつる」

近藤が先に立って、下屋敷の中へと導かれる。まさか本当に通されるとは思っていなかった。

「先生。どうなっているんですか」

駿は梨庵の耳元でささやく。

「世を変えたいのであろう。ならば、御老中に思いの丈をぶつけてみろ」

近藤が奥の間の前で膝を折った。

「殿。梨庵先生とお弟子さんをお連れいたしました」

「そうか。入っていただきなさい」

近藤が目配せをしてくる。梨庵は勝手知ったる様子で、襖を開けると部屋の中に入ってしまった。

こうなれば腹をくくるしかない。駿も仕方なく後につづく。

部屋に足を踏み入れると、背後で襖が閉められた。もう、逃げ道はない。

「梨庵殿。お久しぶりでございます」

伊豆守信明が座っていた。駿は梨庵の手を引き、信明の前に膝を折った。

梨庵と駿は、座礼を行う。

信明は脇息に左手を置きながらも、背筋をまっすぐに伸ばして小さく頷いた。

齢は三十に手が届くかというところか。幕府の老中と聞いていたので勝手にもっと年寄りかと思っていたが、拍子抜けするほどに若々しい。

「伊豆守様も息災で何よりでございます」

梨庵が笑顔を返す。驚くほど和やかな対面だった。少なくとも手討ちにされそうな様子はない。

「三年もの長きにわたり、お務めをいただき、かたじけなく思っています」

信明が梨庵に向け、詫びとも労い(ねぎら)とも思える言葉を伝えた。駿は驚いて、目を見開く。いったい何が起こっているのか、考えが追いつかなかった。

「伊豆守様がそのようなことを申されるから、わたしの弟子が当惑しておるではないですか」

梨庵の言葉に、信明が相好を崩す。

「そちは名をなんと申す」

駿は横目で梨庵を見た。

「伊豆守様に遠慮はいらん。訊かれたことにお答えして、言いたいことがあれば正直にお伝えしなさい」

梨庵に言われて、

「駿と申します」

駿は名乗った。

「何故、梨庵殿の弟子になったのだ」

「江戸を追われた梨庵先生が、わたしの村に流れてまいられました」

「なるほど。それで、所払いの仔細(しさい)については、如何様(いかよう)に聞いておるのだ」

「それは……」

「構わぬ。聞いた通りに申せ」

もう、どうにでもなれと思った。

「伊豆守様の御部屋様と許されぬ仲になってしまった咎を受けたと」

「たしかに表向きはそういうことになっておる。そちは梨庵殿の弟子であろう。まことのところを聞いていないのか」

「何も聞いておりません」

「梨庵殿。予から申し伝えてもよいであろうか」

「致し方ありませんな」

これには信明が頰を揺らした。

「では、予から話をしよう。予の側室に美枝(みえ)と申す者がいた。優しい娘で、予にとって心の安らぐよい妻であった。美枝は躰が弱く、梨庵殿には鍼治療は元より、心の支えにもなっていただいていた。美枝には兄がいて、これが小石川養生所で与力をしていた。美枝は兄より小石川養生所の様子を聞くにつれ、貧しい患者たちの行く末に心を痛めておった。予は美枝に頼まれて、薬代として三百両を小石川養生所に寄付した。だが、兄はこの金を横領し、己の懐へと入れてしまったのだ。美枝は予への贖罪(しょくざい)のため、井戸に身を投げて命を絶ってしまった。美枝の兄については腹を切らせたが、予は老中として政の改革を主導していた。事が公になれば、いらぬことで足を引っ張る者も出てくる」

「御老中様は何も悪くないではありませんか」

「取るに足らないことでも、命取りになることはある。政とは、そういうものだ。上にいけばいくほど、敵の数は多くなるからな」

「恐ろしいところでございますね」

駿には窺い知れぬ世界だ。

「余計なことで足を掬われれば、政の改革は道半ばとなってしまう。それで梨庵殿が一身に美枝の死を引き受けてくださったのだ」

「そうだったんですね」

三年もの年月を棒に振り、杉坂鍼治学問所の講師という職を失ってまで、梨庵は信明を守ろうとした。それは信明の政の改革が、多くの民のためになると信じたからだろう。

——鍼を打つことばかりが人助けではない。

そう言った梨庵の言葉が思い出される。

駿は改めて、梨庵の弟子になってよかったと思った。梨庵は、駿が思っていたよりも遥かに大きな人物だった。

「伊豆守様。恐れながら、駿が申し上げたいことがあるとのことです。聞いてやっていただけませんか」

「それは構わぬが」

「たまには青臭い若者の言葉に耳を傾けてみるのも、伊豆守様が市井を知る上で無駄にはならないでしょう。それに……」

梨庵が不敵に口角をあげる。

「それに？」

信明が興が乗ったように、身を乗り出した。

「駿には、熱き思いがあります。わたしは医学ではこの者の師でありますが、人の生きる道においては、ときとして教えられることがあるほどです」

「ほほう。梨庵殿ほどの方が、そこまで申されますか」

「駿は、たしかに若い。だが、背負って生きてきたものの重みは、けっして侮れませぬぞ」

梨庵の言葉を聞きながら、駿は父や母や涼が残してくれた言葉に思いを馳せていた。

「梨庵殿には大きな借りがありますからな。それに、予も青臭い若者の熱き思いには、いささか興味がある」

信明が駿に向き直る。

駿は居住まいを正した。

「御老中様。小石川養生所のことでお願いがございます」

「申してみよ」

小石川養生所と聞いて、信明の顔が引き締まる。

「江戸の町には、貧しくて医者にさえかかれぬ人たちがたくさんいます。世を作り、世を動かすのは、民でございます。政とは、民を幸せにすることに他なりません。その本道が、貧しき民を助けることです。ぜひとも、小石川養生所の改革をお願いしたいのでございます」

「これはしたり。そもそも治療代を払えぬような貧しき民が入所できるのが、小石川養生所ではないのか。上様の命により、経世済民（けいせいさいみん）を成さんとして設けられたものであろう」

「本気で申されていますか」

「違うと申すのか」

「御老中様は、小石川養生所に行かれたことはございますか」

駿は信明をまっすぐに見据えた。

「予が何もわかっておらぬと申すのだな」

信明が、ムッとした表情をする。

「そうではないと申されますか」

「当たり前じゃ。予とて、幾度も小石川養生所には足を運んでおる。その度に取り仕切る与力や幕医から、貧しき民の治療について事細かく話を聞いておる」

「支障も難題もないというようにですね」

「小事はあろうとも、大事には至るまい」

信明は役人たちの注進を真に受けているのだ。役人は己にとって益とならぬものは上申しない。下々からそれが重なりつづければ、老中の耳に入る頃には真偽の程は大きくねじ曲がっているだろう。

「御老中様は、民のことを見ておりません」

「無礼であろう！」

さすがに信明が声を荒らげた。

「わたしもずっとそうでした」

「どういうことだ」

「目の前にあるものから、みずから目を逸らしていました。人間は己が見たいと思うものしか見ようとしないものです。せっかく不自由のない目を持っていても、それでは本当に見るべきものを見ることはできません」

駿自身が幾度も突きつけられてきた言葉だ。だが、今の駿はこれを己の言葉として口にすることができる。それも幕府の重職である老中にも臆することなくである。

「予が本当に見るべきものを見ていないと申すか」

「これをご覧ください」

駿は懐から一枚の紙を取り出すと、膝行して両手で信明の前に差し出した。

「読売だな」

信明が受け取る。

「平助さんと加代さんという老いた夫婦が、大川に身を投げたことが書かれています」

「心中であるか。痛ましいことだ」

「そこに書かれている平助さんと加代さんは、わたしの診ている患者でした。殊に平助さんは明日をも知れぬ重い病を患っていました」

「まことに気の毒なことだったな」

信明が悲しげに目を伏せた。

「それだけでございますか」

駿は信明を睨みつける。

「何が言いたいのだ？」

「加代さんは老耄を患い、平助さんのことはおろか、自分の名さえ忘れてしまっていました。加代さんは飯も厠も寝ることさえ、一人ではできませんでした。でも、生まれたばかりの赤子のようにかわいらしい方で、平助さんは加代さんを大切にされて、必死に面倒をみていました」

「それほど大切にしていながら、何故、心中などしたのだ？」

大名として生まれた信明には、窺い知れぬ庶民の暮らしがある。

「大切だからこそ、心中したのです。平助さんは、自分が死んだ後に残される加代さんのことが、心底から哀れで仕方なかったんです。どうしても、加代さんを一人だけ残して死ぬことができませんでした。だから、泣く泣く一緒に連れていったんです」

「加代をどこかに預けることはかなわなかったのか……」

そこまで言って、信明はハッとしたように口を噤んだ。

「上様の肝煎りで設けられた小石川養生所は、平助さんと加代さんを助けることができませんでした。役に立たなかったのです。それでも御老中様は、民のことを見ておられるというのですか！」

「それは……」

「そんな御老中など、糞喰らえです！」

駿の頰を、熱き涙が幾重にも流れ落ちる。

「駿よ……」

信明の躰から力が抜けた。

「……予は、何をすればいいのだ。予に教えてくれ」

信明が駿に向かって頷く。

「ひとつは、困っている人が誰でも入所できるようにしてください。名主を通すことなく、患者がみずから奉行所に願い出ることを許していただきたいのです。また、受け入れる患者の数も増やしてください。ふたつには、医者を替えてください。幕医は町人を診ることをよしとしません。ならば、養生所の医者は、すべてわたしども町医にお任せいただきたい。わたしたちは、医は仁術と心得ております。損得で人の命をはかることは致しません。みっつには、医者や看病中間の役料、そして患者の薬代や飯代がまったく足りておりません。これを大きく増やしていただきたい。そして――」

「まだあるのか」

「最後に、もうひとつ」

「うむ」

「御老中様のみずからの言葉で、役人たちに患者を大切にするようにと発していただきたいのです。言葉には魂がございます。人を動かすのは、人の思いに他なりません」

そこまで言い切ると、駿は両手をついて深く頭をさげた。

「駿よ。予にもっと働けと申すのだな」

「ご無礼を申しあげました。でも、弱き民のことを見ていただきたいのです」

「わかった。そちの思いは、しかと受け止めたぞ」

「ありがとうございます」

顔をあげると、信明が微笑んでいた。

「それにしても、糞喰らえと言われたのは、生まれてはじめてのことだ」

信明の言葉に、梨庵も苦笑いを浮かべている。

「申し訳ございません」

頭に血が昇って発した言葉だったが、落ちついてみれば、よく手討ちにされなかったものだと冷や汗が出た。

「構わぬ。たしかに梨庵殿の申された通り、駿の言葉には熱き思いがあった」

「恐れ入ります」

「しかし、そちの申すことのすべてに手を打つと、いったい何万両の金がかかるかわからないな。これは途方もない改革になるぞ」

「ご心配には及びません。辛いことは誰かと分けると半分に減りますが、幸せなことは誰かに分けても倍に増えます」

そう言って、駿は満面の笑みを浮かべた。

「ごめんくださ い」

涼桜堂を老婆が訪ねてきた。

「あれ、お富久さん。どうしたんですか」

駿は後片付けの手を止めて、富久に笑顔を向ける。富久は志穂が営む志友堂の女中だ。

「あんたたち、そんなところで突っ立ってないで、さっさと中へお入りよ」

富久が手招きをすると、男女二人が後につづいて暖簾をくぐってきた。

「あっ。あなたは……」

男の顔を見て、駿は驚きの声をあげる。

「その節は、お世話になりました」

そう言って頭をさげたのは、善右ヱ門だった。間市と一緒に入った深川屋という居酒屋で、涙ながらの身の上話を聞かされた男だ。

「善右ヱ門さん。お元気そうで何よりです。というと、こちらは……」

「はい。妻のおりんです」

善右ヱ門がおりんを紹介する。善右ヱ門の後ろに隠れるようにしていたおりんが、駿に向かって深々と頭をさげた。

「おりんさんが戻ってきてくれたんですね」

駿は善右ヱ門たちに待合の縁台を勧める。富久はすでに座っていた。

「でも、どうしてお富久さんと一緒なんですか」

駿の問いかけに、

「西川先生が深川屋に、わたし宛ての言付けを残しておいてくれたんです」

と、善右ヱ門が答えた。

「えっ、西川先生が？」

「それで杉坂鍼治学問所に西川先生を訪ねると、大工仕事よりもわたしに向いている仕事があると誘っていただきました」

「なるほど、志友堂ですね」

それで富久が二人を連れてきたことに合点がいく。

間市が志穂に頼んでくれたのだろう。昔の間市なら、こんな面倒に首を突っ込んだりしなかったはずだ。なんだか、人が丸くなったようだ。

「はい。傘張りや大工仕事は、わたしが頑張れば頑張るほど、まわりに迷惑がかかります。でも、志友堂では一生懸命に働くと、みなさんが心底から喜んでくれます」

「うちは猫の手も借りたいくらいに忙しいからね。人手はいくらあっても足りないくらいさ。男手と女手と役割も違うし、夫婦できてくれて大助かりだよ」

富久が、勢いよく善右ヱ門の背中を叩く。

「おりんさんも志友堂で働いているんですか」

駿はおりんに微笑みかけた。

「善右ヱ門さんが迎えにきてくれたんです。一緒に暮らそうって言ってくれました」

おりんの目が潤んでいる。

「おりんに言ったんです。貧乏暮らしをさせるかもしれないけれど、死ぬまで悲しませることだけはしないと約束するからって」

「わたしは貧乏なんて、これっぽっちも嫌じゃなかったんです。ただ、善右ヱ門さんがお侍じゃなくなったことが申し訳なくて……」

「馬鹿だな。俺はおまえさえ一緒にいてくれれば、それだけでいいんだから」

「わたしもです」

そこへ富久が割り込んだ。

「ちょいと、いつまで夫婦で戯れ合ってるんだい」

善右ヱ門とおりんが、恥ずかしそうに顔を見合わせる。つづいて、みんなで声をあげて笑った。

「なんだか、賑やかだな」

二階から梨庵と茜が降りてきた。茜の腕の中で、ミケが気持ちよさそうに躰をまるめている。駿を見て、ミケが「にゃー」と小さく鳴いた。

「善右ヱ門さんとおりんさんです」

駿は二人のことを掻い摘んで梨庵と茜に紹介する。

「駿のまわりには、いつも困っている人たちが集まってくるな」

梨庵が口角をあげた。

「本当ですね。どうしたらいいんでしょうか」

駿も苦笑する。

「いいではないか。江戸一番の医者になるのだろう」

「もう、江戸一番の医者になるのはやめますよ」

「何故だ」

「だって、一番があるということは、二番も三番もあるってことじゃないですか。他人と競い合っても仕方ないです」

「では、何を目指すのだ？」

「江戸一番ではなく、江戸随一の医者になります」

「江戸随一か。それなら誰とも競い合うことはないな」

「はい。わたしらしく生きるだけです」

そう言うと、駿は縁台から力強く立ちあがった。

【参考文献】

『東洋医学臨床論〈はりきゅう編〉』教科書執筆小委員会（医道の日本社）
『病いの世相史――江戸の医療事情』田中圭一（ちくま新書）
『江戸・東京　下町の歳時記』荒井修（集英社新書）
『新版 大江戸今昔マップ』かみゆ歴史編集部（ＫＡＤＯＫＡＷＡ）
『薩摩　民衆支配の構造』中村明蔵（南方新社）
『鹿児島弁辞典』石野宣昭（南方新社）
『さつま語辞典』大久保寛（高城書房）
『江戸の養生所』安藤優一郎（ＰＨＰ新書）

解　説

鈴木英治

私が杉山大二郎（敬称略）と知り合ったのは、二〇一五年のことだ。某歴史小説家が講演会＆サイン会を東京の書店で行ったとき、名刺を交換したのが最初である。

つい先日のことのように思えるが、あれからすでに九年近くの歳月が流れている。そのときには、まだ操觚（そうこ）の会は存在していなかった。操觚の会は歴史時代作家が集う団体であり、いま私は会長を務めているが、実際のところ、仕事らしいことはなにもしていない。

なにゆえなにもせず、のほほんとしていられるのか。それは、事務局長を務める杉山大二郎の存在があるからだ。

ここからは普段の呼び方で書かせていただくが、大ちゃんはとんでもなく仕事ができる男なのだ。

ソファにもたれるようにゆったりと任せておけば、操觚の会でのトークイベントの開催、自治体との折衝、編集者との連絡など、なんの支障もなくすべてがすらすらと進んでいく。

編集者との連絡はともかく、ほかのことには手も足も出ない私からしたら、スーパーマンのような男である。

それも然もありなん。シリーズ第一巻『桜の約束』の解説で坂井希久子さん、第二巻の『鍼のち晴れ』でも早見俊氏が触れているが、大ちゃんはもともと某大手ＩＴ企業の第一線でバリバリ活躍していた人なのだ。

だいたい、その手の仕事ができる人というのは小説家には向いていないものだ。そのはずなのだが、大ちゃんはそうではない。本書『秋空に翔ぶ』を一読すればすぐにわかるが、きらびやかな才能の持ち主である。

感情移入のできる人物造形や惹きつけられるストーリー、謎の置き方の巧みさなど、感心させられることばかりだ。

特に感服したのは、登場人物のキャラクター作りのうまさである。

デビュー間もなかった頃の私は、ストーリーに引っ張られてこの登場人物の性格なら決してしないはずのことをさせてしまうということを、よくやらかしていた。

だが、歴史時代小説を書き始めてまださほど経っていないはずの大ちゃんの作品には、それがまったくない。

これまで長年、現代小説などで腕を磨いてきたということもあるのだろうが、執筆に入る前にキャラクター作りを綿密に行っており、登場人物の性格にふさわしいストーリーをしっかりと練っているからであろう。

これは簡単なようで、決してそうではない。おもしろい小説を書いてやろうと力むと、どうしてもストーリーの方に重きが置かれ、登場人物の性格が二の次になってしまうことが多々あるからだ。

その点で大ちゃんのキャラクター作りは、とても参考になる。ストーリーはおもしろいのに、どのキャラクターにも一本、芯が通り、ぶれることが決してない。ストーリーに流されることがないのだ。

主人公の駿（しゅん）はもちろんのこと、親友の涼（りょう）、駿の故郷玉宮（たまみや）村での師匠梨庵（りあん）、杉坂鍼治（すぎさかしんじ）学問所の師匠間市（かんいち）、門下生の咲良（さくら）など、いずれのキャラクターもくっきりと立っている。

ところで私は、これまで一度も鍼治療を受けたことはない。それは、やはり鍼というものに恐怖心があるからだ。

そんな私でも、駿が施術してくれるなら受けてみてもよいな、と本書を読んで思った。つまり作者は、キャラクターにそれだけの説得力を持たせることに成功しているのだ。

巧みに配置された登場人物たちはそれぞれとても魅力的であるが、特に私の気に入りは間市である。

駿が感じるのと同様、人としてどうかと思わざるを得ないところは確かにあるが、駿とのやり取りは常に軽妙で、読んでいてひじょうに心地よい。

ときおり間市が、人としてのあり方を駿に真摯に語って聞かせるシーンがあるが、そのときの言葉はすべて的を射ており、そうだよなあ、と私はいちいちうなずきながら読み進めたものだ。

間市が口にする言葉の端々から感じ取れるのは、この男はこれまで散々苦労を重ねてきたのではないか、ということだ。

本書では間市がどんな人生を送ってきたか触れられてはいないが、作者はしっかりとした構想をしてあるはずだ。

文字にせずとも作者の頭の中に登場人物の人生や背景が強靭さをもって組み立てられていれば、実際に執筆したときにキャラクターはことのほか際立つものになってくる。作者の思いや念が行間ににじみ出てくるからだ。

シリーズ第二巻の『鍼のち晴れ』でのことになるが、間市と駿が初めて出会う場面で、駿は間市に徹底してやり込められる。このシーンは私にとってかなり印象的だった。

「人間は、己が見たいと思うものしか見ようとせぬ。（中略）それでは本当に見るべきものを見ることはできぬ」

そのときの間市の台詞であるが、このような言葉は深い人生を送ってこない限り、決して出てこないだろう。

これはつまり、杉山大二郎という男がそれだけの人生を送ってきた証（あかし）である。このような男の書く小説がおもしろくないはずがない。

さて、本書『秋空に翔ぶ』は「勃（た）たないのでございます」という、実にショッキングな一言から始まる。

小説家は常に、どうすれば一発で読者を物語に引き込むことができるかを熟考してから、執筆に取りかかる。

私はデビュー以来、二百作以上の小説を書いてきたが、これほどまでに強い衝撃を孕（はら）む冒頭を書いたことがない。

この一文を読んだとき正直、負けた、と思った。この一文を導き出すために、作者はかなり頭を絞ったのではあるまいか。

もしそうではなく、あっさり脳裏に浮かんできたというのなら、やはり驚くべき才能としかいいようがない。

さらに、鍼灸医（しんきゅうい）を志した駿を主人公に据えたことで、鍼に関しての知識の積み重ねがすごいものになっている。

私も江戸時代の医者物のシリーズを持っているが、医術に関して本作の大ちゃんレベルまで書いたことは一度もない。

大ちゃんがディテールにこだわっているのは鍼のことだけではない。ほう、となるような蘊蓄（うんちく）が本作の随所にちりばめられている。

なにゆえ大ちゃんは、これほどまでにディテールにこだわるのか。できるだけディテールに気を配って書く方がよりよい小説になることを熟知しているからであろうが、おそらくそれだけではない。

これは、作者のサービス精神の賜（たまもの）であろう。読者の知識欲を満たしてあげようという心遣いから、ここまでディテールにこだわっているのではあるまいか。

小説を読むことの大きな楽しみの一つに、これまで知らなかった知識を我が物にできるということがある。その楽しさと大切さを大ちゃんはよくわかっているのだ。

しかし、ディテールにこだわって書くという作業は正直、手間がかかる。どうしても資料と首っ引きにならざるを得ないからだ。

『大江戸かあるて』シリーズは時代小説書き下ろし文庫という範疇（はんちゅう）に入り、私もその中で書いている一人だが、この分野もご多分に洩（も）れず、締切がことのほか厳しい。

時間に追われて必死に執筆していると、そんなにディテールにこだわる必要はないのではないか、という悪心が頭をもたげてくる。

その気持ちをなんとか抑え込んで、懸命に資料を当たり、それを自分の文章として作品に落とし込んでいく。

大ちゃんは苦もなくその作業を行っているのかもしれないが、やはりそれなりの苦労はしているのではないだろうか。

本書を読んでいて大ちゃんが苦吟呻吟（くぎんしんぎん）しながら書いている感じは、一切受けなかった。むしろ、いかにも楽しそうに書いているとしか思えなかった。

だが、書いていて苦しくない小説家など多分、存在しない。まだプロになる前だったら、私にも書いていて楽しい頃があったが、今は苦しいばかりだ。

すべてをほっぽり出して逃げ出したくなることも、しばしばである。

しかし、大ちゃんは私とは違うかもしれない。心から楽しんで執筆しているかもしれない。なにしろスーパーマンなのだ。

つい先日のこと、私は大ちゃんとゴルフをご一緒した。すっきりと晴れ渡り、風がほとんどない絶好のコンディションのもと、二人の編集者とともにラウンドした。

私は五年ぶりのゴルフ、大ちゃんはなんと十年ぶり。

私は空振り、チョロ、ＯＢを連発、なくしたボールは数知れずという惨状だった。十年ぶりだった大ちゃんに九打も負けた。

それでも、笑いを絶やさず愉快にプレーできたのは、大ちゃんの人柄が大きかった。常に前向きで、ミスショットをしても愚痴らしいことを一切こぼさない。

それに、なによりゴルフを全力で楽しんでいることが伝わってきた。

この全力という言葉は、本作の主人公の駿に通じるものがある。よいことがあれば、全力で喜び、全力で笑う。悲しいことがあれば、全力で涙を流す。理不尽なことがあれば、全力で憤り、全力で怒る。困っている人がいれば、全力で助けようとする。

『大江戸かあるて』シリーズでは、大ちゃんが常にそこにいる。駿という男は杉山大二郎そのものなのだ。

（すずき・えいじ　作家）

本書は、集英社文庫のために書き下ろされた作品です。

本文デザイン／目﨑羽衣（テラエンジン）

杉山大二郎の本

大江戸かあるて
桜の約束

天明三年、浅間山の大噴火によって母を亡くし、天涯孤独となった貧しい少年・駿。どん底を味わった少年が江戸一番の医者を目指す！　青春時代長編。

集英社文庫

杉山大二郎の本

大江戸かあるて 鍼のち晴れ

患者の命か、金か。江戸一番の医者を目指す心優しい青年に厳しい現実が突きつけられたとき――。感動と学びが詰まった、青春時代長編！　第二巻。

集英社文庫　目録（日本文学）

真堂樹　帝都妖怪ロマンチカ ～狐火の火遊び～
真堂樹　帝都妖怪ロマンチカ ～犬神が甘嚙み～
新堂冬樹　ASK トップタレントの「値段」(上)(下)
新堂冬樹　虹の橋からきた犬
新堂冬樹　枕アイドル
新堂冬樹　犬義なき闘い 極悪児童文学
眞並恭介　牛と土 福島、3.11その後。
神埜明美　相棒はドM刑事 ～女刑事・海月の受難～
神埜明美　相棒はドM刑事2 ～事件はいつもアブノーマル～
神埜明美　相棒はドM刑事3 ～横浜誘拐紀行～
真保裕一　ボーダーライン
真保裕一　誘拐の果実(上)(下)
真保裕一　エーゲ海の頂に立つ
真保裕一　猫背の虎 大江戸動乱始末
真保裕一　ダブル・フォールト
真保裕一　脇坂副署長の長い一日

周防柳　八月の青い蝶
周防柳　逢坂の六人
周防柳　虹
周防柳　高天原――厩戸皇子の神話
周防正行　シコふんじゃった。
杉本苑子　春日局
杉森久英　天皇の料理番(上)(下)
杉山大二郎　大江戸かあるて 桜の約束
杉山大二郎　大江戸かあるて 鍼のち晴れ
杉山大二郎　大江戸かあるて 秋空に翔ぶ
杉山俊彦　競馬の終わり
鈴木遥　ミドリさんとカラクリ屋敷
鈴木美潮　昭和特撮文化概論 ヒーローたちの戦いは報われたか
鈴村ふみ　櫓太鼓がきこえる
瀬尾まいこ　おしまいのデート
瀬尾まいこ　春、戻る

瀬尾まいこ　ファミリーデイズ
瀬尾まいこ　その扉をたたく音
瀬川貴次　波に舞ふ舞ふ 平清盛
瀬川貴次　ばけもの好む中将 平安不思議めぐり
瀬川貴次　闇に歌えば 文化庁特殊文化財課事件ファイル
瀬川貴次　ばけもの好む中将 弐 姑獲鳥と牛鬼
瀬川貴次　ばけもの好む中将 参 天狗の神隠し
瀬川貴次　ばけもの好む中将 四 踊る大菩薩寺院
瀬川貴次　暗夜鬼譚 春宵白梅花
瀬川貴次　ばけもの好む中将 伍 冬の牡丹燈籠
瀬川貴次　暗夜鬼譚 遊行天女
瀬川貴次　ばけもの好む中将 六 美しき獣たち
瀬川貴次　暗夜鬼譚 夜叉姫恋変化
瀬川貴次　ばけもの好む中将 七 花鎮めの舞
瀬川貴次　暗夜鬼譚 血染雪乱
瀬川貴次　ばけもの好む中将 八 恋する舞台

集英社文庫　目録（日本文学）

瀬川貴次　暗夜鬼譚　紫花玉響
瀬川貴次　ばけもの好む中将 九　真夏の夜の夢まぼろし
瀬川貴次　暗夜鬼譚　五月雨幻燈
瀬川貴次　ばけもの好む中将 十　因果はめぐる
瀬川貴次　暗夜鬼譚　空蟬挽歌〈前〉〈中〉〈後〉
瀬川貴次　ばけもの好む中将 十一　秋草尽くし
瀬川貴次　暗夜鬼譚　狐火恋慕
瀬川貴次　ばけもの厭ふ中将　戦慄の紫式部
瀬川貴次　暗夜鬼譚　綺羅星群舞
瀬川貴次　紫式部と清少納言　二大女房大決戦
関川夏央　石ころだって役に立つ
関川夏央　「世界」とはいやなものである　東アジア現代史の旅
関川夏央　現代短歌そのこころみ
関川夏央　女流　林芙美子と有吉佐和子
関川夏央　おじさんはなぜ時代小説が好きか
関口尚　プリズムの夏

関口尚　君に舞い降りる白
関口尚　空をつかむまで
関口尚　ナツイロ
関口尚　はとの神様
関口尚　明星に歌え
関口尚　虹の音色が聞こえたら
瀬戸内寂聴　私小説
瀬戸内寂聴　女人源氏物語　全5巻
瀬戸内寂聴　あきらめない人生
瀬戸内寂聴　愛のまわりに
瀬戸内寂聴　寂聴　生きる知恵　法句経を読む
瀬戸内寂聴　一筋の道
瀬戸内寂聴　寂庵浄福
瀬戸内寂聴　寂聴巡礼
瀬戸内寂聴　晴美と寂聴のすべて1（一九二二～一九七五年）
瀬戸内寂聴　晴美と寂聴のすべて2（一九七六～一九九八年）

瀬戸内寂聴　わたしの源氏物語
瀬戸内寂聴　寂聴源氏塾
瀬戸内寂聴　寂聴仏教塾
瀬戸内寂聴　まだもっと、もっと　晴美と寂聴のすべて・続
瀬戸内寂聴　わたしの蜻蛉日記
瀬戸内寂聴　寂聴辻説法
瀬戸内寂聴　ひとりでも生きられる
瀬戸内寂聴　求愛
瀬戸内寂聴・美輪明宏　ぴんぽんぱん　ふたり話
瀬戸内寂聴　決定版　女人源氏物語　一～四
曽野綾子　アラブのこころ
曽野綾子　人びとの中の私
曽野綾子　辛うじて「私」である日々
曽野綾子　狂王ヘロデ
曽野綾子　観月観世　或る世紀末の物語
平安寿子　恋愛嫌い

集英社文庫

大江戸かあるて　秋空に翔ぶ

2024年1月25日　第1刷　　定価はカバーに表示してあります。

著　者　杉山大二郎
発行者　樋口尚也
発行所　株式会社 集英社
東京都千代田区一ツ橋2-5-10　〒101-8050
電話　【編集部】03-3230-6095
【読者係】03-3230-6080
【販売部】03-3230-6393(書店専用)
印　刷　大日本印刷株式会社
製　本　大日本印刷株式会社

フォーマットデザイン　アリヤマデザインストア　　マークデザイン　居山浩二

ISBN978-4-08-744614-2 C0193